僕の声が永遠に君へ届かなくても

六畳のえる

STARTS
スターツ出版株式会社

君と初めてちゃんと話した日のことを、僕は今でも鮮やかに思い出せる。
君と一緒に過ごす時間は本当に楽しかった。
だから、病気のことを聞いたときも、一緒に歩んでいこうと思えたんだ。

君の世界が静けさに包まれる前に、一緒にたくさんの音を聞けてよかった。
あの文化祭の放送も、今となっては宝物みたいな時間だよ。

君がいなくなるまでの思い出は、すぐ取り出せるように胸に大切にしまっておくよ。
ラジオみたいに、いつでも君に話して聴かせられるように。

最後にひとつだけ。
ノート、読んだよ。
僕が足した言葉全部、気付かれてたなんて恥ずかしいな。
そして……中庭で言ったあの言葉が伝わってたのを知れて、本当に嬉しかった。

目次

僕の声が永遠に君へ届かなくても

プロローグ

信号はなかった。でも、横断歩道は少し先だし、部活帰りの疲れた体でそこまで行くのはほんの少しだけ面倒で、車道を駆け足で横切った。

よくあること。中学生なら誰でもやること。それがうまくいくのは、運がいいだけなのに。

キキキキーッという音が左から聞こえ、乗用車が視界に飛び込んでくる。急いで渡らなきゃ、と思ったけど恐怖で足が動かない。まるでその鉄の塊《かたまり》が来るのを待ち構えるように立ち尽くす。

次の瞬間、ドンッと衝撃が襲い、僕の体は宙を舞った。

＊＊＊

「浅桜《あさくら》さん、また来ますね、安静にしててください」

二十代くらいの若い女性の看護師がそう挨拶して、病室を出て行った。ベッド上部の『浅桜優成《ゆうせい》』の文字が、〝お前は入院しているんだぞ〟ということを否が応でも突き付けてくる。ふたり部屋だけど、たまたま入院患者が少ないのか隣のベッドには誰もいなくて、余計に寂寥感《せきりょうかん》をかき立てられた。

上半身を起こして、自分の左足を見る。フィクションの世界でしか見ないような仰々《ぎょうぎょう》しいギプスがつけられていた。

「……痛《いた》っ！」

ゆっくりと曲げようとしてみるが、激しい痛みを覚えて思わず顔を顰《しか》める。軽く動かすだけでこんなにつらいのだ。運動なんてもっての外《ほか》だろう。

手持ち無沙汰で、ついスマホに目を向ける。相変わらず友人や監督からの励ましのメッセージで、忙しなく通知が来ていた。

その明るい文面が逆に煩《わずら》わしくて、スマホをベッドの枕元に放り投げて目を瞑《つぶ》った。怪我をしてからの一週間、気を紛らわすなんてことはできなくて、どうしても事故のことを考えてしまう。もう思い出したくないのに、忘れようとすればするほど、鮮明に記憶が浮かび上がってくる。


皆が高校受験の準備を本格的に進めていく十月。でも僕はそんなものはどこ吹く風で、放課後は後輩の二年生たちに交じってサッカー部の練習に参加していた。サッカーが好きだし、高校だって部活の推薦で決まっていた。

入学した学区の中学校は、幸運にも監督に恵まれたサッカー強豪校だったし、もともと得意だったから、期待の新人として一年からレギュラーに抜擢《ばってき》された。今年の夏の大会を終えて引退するまでは、自分で言うのもなんだけど〝絶対的エース〟として活躍したほど。だからこそ、プロリーガーを何人も輩出している私立高に推薦で入学が決まっていたし、その高校の先輩たちと同じようにプロになるのも夢ではないと言われていた。

もちろん、自分でも期待していた。スターになれると思っていた。かつて自分がテレビやスタジアムで選手のプレーを見て、憧れたり、感動したりしたように、自分のプレーで誰かに元気や勇気を与えたかった。

でも、この足の怪我ではどうしようもなかった。医者からも選手としての再起は難しいとはっきり言われ、一瞬にして目の前が真っ暗になった。スポーツ推薦も適《かな》わなくなるだろう。全てが、全てが終わった。

「あんなことしなければなあ……しなければなあ……」

自分の声が掠《かす》れていくのが分かる。それは次第に、叫び声に変わっていった。

あんなことさえしなければ。あそこで渡らなければ。横断歩道まで少しだけ歩いていれば。

呪詛《じゅそ》のように後悔だけを吐き出し、ひとりの病室でただただ咽《むせ》び泣いた。

第一章　憧れの人

「共通テスト、今週末なんだね」

「俺たちもあと一年で受けるのかあ。あーあ、受験生ってダルそうだなあ」

放課後、クラスの男子ふたりの雑談を聞きながら帰る準備をする。

高校二年の一月。年が明けて寒さは一層厳しくなり、ブレザーの下にセーターを着るだけではとても耐えられない。ブラウンのチェスターコートを着ている僕の横で、隣の藤倉《ふじくら》君が席を立った。

「んじゃ」

「あ、おう」

それ以上の会話も雑談もない。僕自身、クラスメイトに絡まれれば返すけど、自分から絡みに行くことはほとんどないし、大体の人とこのくらいの距離感だった。

僕も帰ろう。イヤな音や声を聞く前に。

と思ったら遅かった。

――ピピーッ！

「はいっ！　こっちこっち！」

ホイッスルに、ボールを要求するかけ声。グラウンドでサッカー部の練習が始まった。気にしないようにしようとしても、余計に耳が拾ってしまう。もう二年弱これを耳にしているけど、未だに受け入れられない。昔はなによりも好きだったのに。

高校生活はサッカーに没頭するはずだったけど、交通事故で全て水泡に帰した。この学校ではサッカーをやっていたこともほとんど誰にも教えていないし、球技大会でも足の古傷を理由にバレーを選んでいる。

「優成、帰るの？　リッチバーガー行かない？　新商品のメガポテトバーガー気になっててさ」

僕の意識が過去に戻るのを遮るように、直原駿《なおはらしゅん》が話しかけてきた。地毛らしい茶髪は、黒髪の僕からすると少し羨《うらや》ましかったりする。

「いや、今日はやめておくよ」

「そっか。気分転換になればと思ったんだけど」

駿はそのまま黙って窓の外を見る。僕が部活に気を取られていることを分かっていたのだろう。

駿は中学時代、別の中学でサッカー部だったらしい。本人によると万年ベンチでレギュラーにはなったことがないものの、試合で僕の中学と戦ったときに僕のプレーを見て感心してくれたようだ。だから今年のクラス替えで同じクラスになった時、真っ先にサッカーの話題を振ってきたのが駿だったし、僕も彼には辞めた理由を正直に話していた。

「そういえば優成、昨日の代表戦、見た？」

「もちろん。浅野《あさの》の二点目、すごかったよな」

「分かる！　あれはゴール前よく詰めてたと思った！」

「その前の菊池《きくち》のパスも冴《さ》えてたし、納得の勝利だな」

高校ではゆるく過ごしたかったらしく、駿はサッカー部には入らず帰宅部になっていた。サッカー部を辞めた者同士、それでもお互いプロの試合は見るので、こうして盛り上がれる。とはいえ、いつか自分と同い年の選手が出てきたら、嫉妬で見られなくなるかもしれないけど。

サッカーの話題になると、どうしても記憶は二年前のあの日に遡《さかのぼ》ってしまう。自分の馬鹿な行動と不注意で交通事故に遭い、脚が使い物にならなくなったあの中三の秋。病院にお見舞いに来たサッカー部のメンバーたちが何度も励ましてくれたけど、絶望の最中《さなか》にいた自分にはなにも響かず、むしろ怒りだけが募《つの》って反発してしまった。

――いいよな、お前らはサッカーできるんだから。なんとでも励ませるよな！

――どうせ心の中じゃ笑ってるんだろ！　もう放っておいてくれよ！

お見舞いに行くたびに暴言を吐かれるのだから、それでもずっと激励に来ようなんて人はいない。こうして僕は孤独感を抱えたまま、孤立した。

ちゃんと学費を払えば、スポーツ推薦をもらっていた高校に入ることもできたかもしれない。でも、サッカー部が練習しているのを見たら『自分もあそこにいるはずだったのに』と絶対に気分が落ち込んでしまうと考え、当時の自分でも勉強すればなんとか受かるような、同じ中学の子がほとんど行かない遠くの高校に一般受験で進学した。

「じゃあな、優成。今度また遊ぼうぜ」

「おう、また」

気にかけてくれる友人がいるのはありがたいし、進学校でもないから勉強にもついていけている。今がどん底だとは思わない。

でも、もともと行きたい学校ではなかったし、本当にやりたかったことは自分のせいで失い、ただただ光のないような日々を送っている。

思えばあの日から、自分の未来は色褪《いろあ》せ、時間は止まっていた。

「おっ、始まるな」

その日の深夜。家で寝る支度を終え、ベッドに横になりスマホのロックを解除してイヤホンをつける。目当ては動画でもゲームでもない。水色のアイコンが目印の、ラジオのアプリだ。

ラジオを買わなくても、スマホでＡＭ・ＦＭどちらも聴けるアプリ。プレミアム会員じゃないから聴き逃した番組を再生することはできないけど、リアルタイムで聴ければ十分だ。

ＡＭのタブから、目当ての局を選んでタップする。

――ポッ　ポッ　ポッ　ポーン。

時報が鳴った後、トランペットやサックスによる心地よいインストゥルメンタルが響く。やがて、聞き慣れたタイトルコール。

『今日も一日お疲れ様でした。阿取圭司《あとりけいじ》の、アットマーク放送室！』

退屈な毎日の中で、数少ない楽しみのひとつがこの放送だった。

毎週木曜の二十五時、つまり深夜一時から二時まで関東圏で放送されている、阿取さん、通称〝アットさん〟による番組。アットさんはタレントや芸人ではなく、ラジオパーソナリティー専業の男性。確かこの前の放送で、最近三十五歳になったと言っていた気がする。

『先週ね、夜行船で伊豆大島《いずおおしま》に旅行に行ってみたんですよ。あ、皆さん、旅行って聞いてまたなにか失敗したんじゃないかって期待したでしょ？　安心してください、今日はね、一時間まるまる反省会です！』

構成作家である与一《よいち》さんの笑い声が聞こえ、その声につられて僕もつい笑ってしまう。ちなみに、構成作家というのは台本を書いたり番組の企画を考えたりする仕事らしい。与一さんは基本的に笑うだけで自分からは喋《しゃべ》らず、たまにフリップで指示を出しているようだ。

『でね、めちゃくちゃ船酔いしたのよ。それで、あー着いたらゆっくり海沿い散歩して気分転換しようと思ったらね、下船したら雨降ってんのよ。しかも土砂降り！』

番組の前半三十分くらいはアットさんのエピソードトークで、後半はリスナーから来たお便りメールを読んでいき、さらに話を広げていくトーク中心の放送だ。ラジオ＝最新のヒットチャートが流れるイメージがあるけど、この番組ではほとんど流れなかった。

『それで、横になりながらテレビ見てたんだけど、あのニュース見た？　結婚詐欺の事件。あれ、なんでもっと早く捕まらなかったのかなと思ってたんだけど、よく考えてみるとね……』

話題が旅行からニュースに移る。ちょっと毒のある映画の感想や、失敗した買い物の話、時事問題に関する自身の考えなど、幅広い話題と歯に衣着せぬトークに、僕みたいな若い十代、二十代のリスナーが多いらしい。

僕がこのラジオに出合ったのは一年前。ボーッとユーチューブの動画を見ていたところ、『人生がうまくいってない君へ』というタイトルの動画が目に入った。

あとから気付いたことだが、それはアットマーク放送室の公式切り抜き動画だった。

いつもはスルーするようなタイトルの動画だったけれど、その日は放課後たまたま中学時代のサッカー部仲間と会ったことで特に落ち込んでいたので、ついクリックしてしまったのだ。

リスナーからのお便りに対する、パーソナリティーのアットさんの話。大人からの説教みたいな内容だったらすぐに止めようと思ったものの、そこで彼は優しい口調で話していた。

『今、なんにもうまくいかなくてイライラしたり不安だったりすると思うんだけど、それってね、大人になってもきっと変わらないんだよ。僕だっていっつもなにかにイライラしてるし、あのときああすればよかった、こうしたらよかったって反省してる。だから、改善しよう、もっと頑張らなきゃってプレッシャーかけるんじゃなくて、〝このままでいいかも、どうせ変わらないし〟って一回気を抜いてみるといいよ』

これを聴いて、少しだけ肩の力が抜けた。今のままでもいい、色んなことにムシャクシャしたままでいいんだ、と言ってもらえたことがなんだか嬉しかった。

そこから他の切り抜き動画を聴き漁って、番組のファンになった。木曜深夜一時からの本放送も聴くようになり、かれこれ一年以上、毎週聴いている。

『さて、じゃあお便りいきましょうか。まずはラジオネーム、新鮮グミさんから』

番組も中盤になり、リスナーからのお便りコーナーになった。初めて聞くラジオネームの人も含め、今日もたくさんのお便りが読まれている。新鮮グミさんのように常連のお便りは相変わらず面白《おもしろ》い。ちょうど今読まれている、ガチョウの湖さんも常連のひとりだ。

『ガチョウの湖さん、いつもありがとう。

【アットさん、こんばんは。今日も放課後、また誰かが面白いことしてないかなあと体育館の辺りを散歩していたら、バスケ部キャプテンの「いいかお前ら、勝てば負けないんだよ！」というかけ声が聞こえてきました。どうやら「攻撃は最大の防御」と言いたかったらしいんですけど、ニュアンス全然違くない？「はいっ！」って返事してる部員も首傾《かし》げてたんじゃない？】』

「ぶはっ！」

堪《こら》えられずに吹き出してしまった。ガチョウの湖さんはおそらく僕と同じ高校生くらいだと思うけど、ほぼ毎週読まれている常連リスナーだ。学校で起こった出来事を軽妙な文章で切り取った投稿は、親近感がある分余計に面白かった。

『さて、あっという間の一時間ですね。最近、友達にオススメされてハマった漫画があるんだけど……』

聴き入っているうちにエンディングトークが始まって、放送終了の時間が近づいてくる。今週も楽しかった。

本当は誰かとこの番組の良さを語って分かち合いたい。とはいえ、ラジオを聴いてる人なんてクラスでもほとんどいないだろうから、僕は駿にさえもアットマーク放送室の話をしていなかった。

＊＊＊

「じゃあまたな」

「おう、またね」

今年の共通テストも終わり、先生が『いよいよ受験まで一年を切った』と口にするようになった一月下旬の水曜。六時間目が終わり、下校時刻になった。

冬至を過ぎたとはいえ、まだまだ日は短く、すでに外は薄紫色が降ったかのように暗くなり始め、夜の入口を迎えている。

駿は用事があったらしく先に出てしまったので、帰る前に話すような人はいない。

教室の前のドアから帰ろうとして、机の波を縫うように進んでいく途中、足が滑って真横の机とぶつかり、バッグを落としてしまった。

「わっ！」

「あ、ごめん」

「ううん、大丈夫！　びっくりしただけ！」

明るく答えたのは、クラスの女子、蓮杖紫帆《れんじょうしほ》だった。クラスの中心にいるわけじゃないけど、友人グループの中ではよく喋っていて、いつもみんなを笑わせているのを耳にしている。

特徴的な名字なので中学でも一緒だったことは知っているけど、当時は一度も同じクラスになったことはない。こうしてクラスメイトになってからも、ほとんど話したことがなくて、〝たまに遅刻してくる、面白い子〟くらいの印象だった。

「蓮杖さん、ごめんね。怪我してない？」

「うん、平気。バッグが落ちただけだから！」

そう言って立ち上がった彼女の、肩につくくらいの黒髪ストレートがサッサッと揺れた。こちらに顔を向けたので目と目が合う。薄くメイクをしているような女子に比べれば目立たないけど、切れ長で黒い瞳が印象的な、綺麗《きれい》な目だった。

「ホントにごめんね」

もう一度謝り、落としてしまった横長のバッグを拾い上げる。それを机の天板に置いた瞬間、僕の視線はバッグにぶら下がっている、記号の@を模したキーホルダーと、そこに書かれていた単語に釘付けになった。

『アットマーク放送室』

握り拳《こぶし》より一回り小さいくらいの、キーホルダーにしては少し大きめのサイズ。そこに黒いペンでサインが書かれている。間違いない、あの番組のノベルティ、そしてアットさんのサインだ。

「……おーい、浅桜君？　使いやすそうなバッグでしょ。売ってあげてもいいよ？」

冗談を言いながら僕の顔を覗《のぞ》き込む蓮杖さんと目を合わせつつ、僕は黙り込んだまま記憶を巻き戻す。

昨年末、アットマーク放送室の公式ＳＮＳに、このキーホルダーの写真があがっていた。これは通常のお便りを読まれたときにもらえるサインカードとはレア度がまるで違う。先月の年内最後の放送で、お便り投稿の読まれた回数や面白さを基準にアットさんが独断で選んだ〝今年のベストリスナー３〟にだけ贈られたものだ。だからサインと一緒に日付が入っている。

なんで彼女がこれを？　そのリスナーからもらった？　いや、こんな名誉なもの、簡単に人にあげるとは思えない。ということはひょっとして、彼女がベストリスナーなのか……？

色んな疑問と感情が一気に押し寄せ、この後なんて話しかければいいか逡巡《しゅんじゅん》してしまう。

結局、ひとつの単語になって僕の口から漏れた。

「アットさん……」

その瞬間、彼女は思いっきり目を見開く。

「えっ、浅桜君、知ってるの？」

「アットマーク放送室でしょ。うん、僕も毎週聴いてる」

「そうなんだ！」

驚きを通り越して興奮しているように見える蓮杖さん。その気持ちはよく分かる。僕も、まさかこんな身近にリスナーがいると思っていなかった。

そして、勢いのまま気になったことを聞いてみる。

「それさ、ベストリスナー3のやつだよね？」

僕のその言葉を聞いた彼女はハッと息を呑《の》んだ後、しばしフリーズする。そしてチラチラと周囲を気にした後、抑えきれないようにニマニマと笑みを見せながら、僕の首の方まで顔を寄せて耳打ちしてきた。

「実は私ね……　〝ガチョウの湖〟なの」

「えええええっ！」

ガチョウの湖さん。いつもお便りを読まれている、同い年くらいの常連リスナー。部活の様子や友人の会話を切り取って独自の視点でツッコミを入れたり、習い事のバレエの失敗をちょっと自虐的に書いたりしていて、毎回投稿を楽しみにしている。なにを隠そう、僕はあの番組で、ガチョウの湖さんのファンだった。まさか、まさか同じクラスに本物がいたなんて。

「浅桜君、大丈夫？」

さっきの彼女と同じようにフリーズした僕に向けて、彼女はおそるおそるといった様子で声をかけた。何度も黙ってしまっている僕に戸惑っているに違いない。

ただ、僕の心の中を占めていたのは、困惑ではなく感動だった。

「あのさ、」

意を決して、彼女に話しかける。

「その、今日、途中までても一緒に帰れない？」

「え……？」

声をかけたことに、自分でもびっくりだった。誰かと一緒に帰るなんて、駿ともほとんどしたことがない。まして女子に一緒に帰ろうと誘うのなんて、初めてくらいかもしれない。でもそれくらい、彼女と話したかった。

「うん、途中まででもよければ！」

「本当？　ありがとう！」

肩にかけていたバッグをグッと背負い直すと、なんだかいつもより軽く感じられた。

「いやあ、ホントに感動してるんだよね。この一年ずっと聴いてたラジオの名物リスナーに会えるなんて。僕はガチョウの湖さんのファンだから！」

大通りの歩道で興奮して手をパンと叩《たた》くと、蓮杖さんは「いやいや！」と笑いながらふるふると首を振った。

「ファンなんてそんな！　私、ただお便り投稿してるだけだし」

「ううん、投稿してるだけですごいって」

ふたりとも同じ駅から帰ることが分かったので、個人商店やチェーン店が建ち並ぶ道をゆっくり歩きながら話す。

「ねえねえ、蓮杖さんは他のラジオ番組も聴いてるの？　芸人のとか」

「ううん、たまに聴いたりするけどお便り出してるわけじゃないし、毎週聴いてるのはアットさんのだけかなあ」

「そっか。いつから聴いてるの？」

自分自身がこんなにミーハーな性質《たち》だと思わなかったけど、毎週名前を耳にしている〝ガチョウの湖〟さんは、僕からしたらもはや憧れの芸能人のようなものなので、ついはしゃいでしまう。

そんな僕の気持ちを察してくれたのか、彼女は自分のことを色々教えてくれた。

「私、中学のときにアットマーク放送室のユーチューブの切り抜きを見つけてね」

「あ、僕も切り抜きがきっかけなんだよ。アットさんのフリートーク、すごくいいよね。ただ面白いだけじゃなくて、心がしんどいときにも響くっていうか」

「そうそう、あの緩急自在なトークがいいんだよね！」

彼女はくしゃっと顔を綻《ほころ》ばせた。普段学校でよく笑っている彼女が、僕にだけその笑みを向けてくれていることになんだか嬉しくなる。

「私は中二で聴き始めたんだけどね……」

そこから蓮杖さんは、中学で聴き始めてからのことを話してくれる。

中学三年のときにメールの投稿を始め、徐々に読まれるようになったらしい。全く知らなかったけど、僕が聴き始める一年以上前から彼女はあのラジオでお便りを読まれていたということだ。

そして、今も日々お便りの内容を考え、番組のホームページから投稿しているらしい。ネタはいつ思いつくか分からないから、気付いたこととか感じたこととか、忘れないように日記みたいな感じでノートに書き留めてるんだよ、と少しだけ気恥ずかしそうに話してくれた。意外とストイック……！

「浅桜君、何番線？」

もっとたくさん聞きたいことがあったのに、駅に着いてしまった。階段を上りながら、彼女は踊り場で振り返って尋ねる。

「ああ、僕は一番線だよ」

「じゃあ反対方向だね。私、三番線だから」

駅は一・二番線と三・四番線でホームが分かれている。改札を抜け、それぞれのホームへと続く階段の手前で、彼女は手を顔の前に出して、一生懸命に手を振った。

「また明日ね！」

「おう、またね」

僕も手を振り返して階段を下りる。ホームに着いたときには彼女はちょうど到着した電車に乗ってしまって、もう一度手を振ることはできなかったけど、憧れていた人と会話できたことが嬉しくて、僕は切り抜き動画の音声を聴きながら電車が到着するのを静かに待った。


翌日の木曜の深夜。僕は興奮しながら夜を迎え、スマホの画面で何度も時間を確認する。今日はアットマーク放送室の放送日。クラスメイトがリスナーだと知ってから初めての放送だった。

椅子に座って、スマホを机に置き、アプリを起動する。昨日の帰り道、蓮杖さんが自分の机でラジオを聴いていると教えてもらい、真似してみた。

『今日も一日お疲れ様でした。阿取圭司の、アットマーク放送室！』

お決まりの挨拶と共にBGMが流れ、今日はアットさんの好きな鍋の話からトークが始まる。いつもと同じ放送のはずなのにどこか違うように感じるのは、クラスメイトも少し離れたところでこの放送を聴いている、と想像してしまうからだろうか。

『あー、じゃあ最近の鍋スープの進化に驚いたって繋《つな》がりで、久しぶりに即興のお便り募集しちゃおうかな。テーマは【最近びっくりしたこと】で！』

アットさんはたまにこうして急なメール募集をする。じっくりネタや文章を練れないからこそ、勢いのあるメールが来たりして面白い。CMが明けるとすでにいくつもメールが来ていたようで、『これは確かにびっくりするね』などとリアクションを入れながら読み上げていった。

『次は……こちらも常連、ガチョウの湖さん』

「うわっ！」

夜だというのに大声が出てしまった。ついさっき送ったばかりであろう、蓮杖さんのメールが読まれる。

『【最近びっくりしたこと。クラスメイトにリスナーがいて、正体バレました！】』

その内容に、アットさんだけでなく僕も思いっきり笑ってしまった。彼女もきっと、僕が聴いていることを理解したうえで書いている。それが余計におかしかった。

音というのは不思議だ。先週までただアットさんの声で聴いていたガチョウの湖さんのメールなのに、今日は彼女の顔が浮かぶ。黒髪で自分の肩をくすぐりながら、机に突っ伏してイヤホンから流れるアットさんの声に耳を澄《す》ます蓮杖さんの姿が想像できる。それだけでドキドキしてしまい、血液が急速に体中を巡《めぐ》っていった。

「昨日の、めっちゃ笑ったよ。でもよく考えたら、蓮杖さんが自分からガチョウの湖ってバラしたんだよ？」

次の日、金曜の放課後の帰り道。ラジオの感想を告げると、彼女は「確かにそうだ！」と手を叩いて笑い声を漏らした。

「まあでも、バレたって書いた方が面白いでしょ？」

それはまるで、小学生が新しいイタズラを思いついたときのように屈託のない表情。ほとんど関わりのなかった僕に、色んな笑顔を見せてくれることが少し嬉しい。

行く手を阻むかの如く、冷たい風が前から吹いてくる。僕たちはコートの前を留め、声で冷気をかき消すように「寒いねー！」と小さく叫んだ。

「いやあ、これから毎週楽しみだよ。元ネタ知ってて聴くと、うちのバスケ部のこと言ってるんだなあとか数倍面白いしね。蓮杖さんのお便りも笑えるし！」

「そっか、よかった！」

蓮杖さんが微笑むのを見ながら、また駅でさよならする。

でも、ふたりで別々の階段に向かって歩き出した瞬間、ふと目に入った彼女の顔からは笑顔が消えていた。

その表情がどこか寂しそうに見えたのは、気のせいだろうか。

ネタ用ノート①

クラスの男子に私がリスナーであることがバレた！　びっくりした、まさかクラスにあのラジオを聴いてる人がいるなんて。このノートは投稿するネタの整理用だけど、日記的にも使ってるから、ちょっと書き留めておこうと思う。

その男子とは中学が同じで、一方的に知ってはいたんだけど、同じクラスになっても全然関わりがなかったから、こんな風に繋がりができるなんて思ってなかった。すごく嬉しい！

彼も動画の切り抜きからアットマーク放送室にハマったって言ってたから、やっぱり良い番組なんだなあ！　なんて、番組を露骨《ろこつ》に褒めてみる笑

でも、その男子から「これから毎週楽しみだよ」と言われた後、多分悲しい表情になっちゃってたなあ。目を伏せるような感じになっていたの、気付かれてないといいんだけど。

よかった。ラジオが聴けなくなる前に、同じ番組を楽しんでる人に出会えて。

そう遠くないうちに、この耳が聞こえなくなる前に。

第二章　投稿してみて

蓮杖さんのことを知ってから、放送がない日でもたまに暇を見つけて、動画アプリでアットマーク放送室の公式切り抜きを探すようになった。いくつか再生していると、以前聴いたときは意識してなかったけど、お便りコーナーで彼女のものが読まれている回もあったりする。

『続いてのお便りは、ガチョウの湖さんからです。

【アットさん、こんばんは。先日、病院でうちの高校の制服を着ている男子ふたりを見かけました。お見舞いに来てたんでしょうか。近くに座って受付から呼ばれるのを待ってたら、古文の話をしているのが聞こえました。そのうち片方の男子が「助詞ってワケ分かんねえよな」って言い出したんです。でも、イントネーションを間違って覚えてるせいか、完全に「女子ってワケ分かんねえよな」に聞こえて。なんか急に青春の一ページになってましたね！　アットさんはイントネーションで思い出すエピソード、ありますか？】』

アットさんの勘違いエピソードを聴く前にふふっと笑いが漏れてしまう。こんな風にいつも面白いネタを提供してくれるリスナーがクラスメイトだなんて、未だに信じられない。

聴けば聴くほど、彼女のことをもっと知りたいという思いが強まっていった。

「そしたら、お母さんがイチゴ味だけ綺麗に食べちゃっててさあ！」

「紫帆、それ分かる！　残してた味だけ食べられるの、あるよね」

昼休み、クラスで蓮杖さんの話が聞こえる。いつものように、トークで友達を笑わせていた。

「ねえ蓮杖さん、今日放課後って予定ある？」

廊下に出た彼女を追いかけて話しかけると、彼女は首を縦に振る。

「ううん、空いてるよ」

「じゃあ少し話そうよ。放課後、あそこのカフェで」

「うん、分かった！」

そんなやりとりをして、学校が終わった後の楽しみをひとつ作った。

蓮杖さんから、アットマーク放送室のリスナーであることを告げられてから二週間が経《た》ち、僕は彼女と少しずつ話すようになった。といっても、教室内では話しかけていない。ラジオを聴いているクラスメイトは他にいないだろうから、なにをきっかけで仲良くなったか訊かれてもお互い説明に困ってしまうだろう。

そしてあっという間に放課後が来て、先に靴箱に行って正門近くで彼女を待つ。変に噂《うわさ》になるのもなんとなく彼女に申し訳なくて、揃《そろ》って教室を出るようなこともしなかった。

「浅桜君、お待たせ！　ごめんね、友達に話しかけられて遅れちゃった！」

正門まで走ってきた彼女が、顔の前でパチンと両手を合わせる。

「ううん、大丈夫。行こう」

並んで歩きながら目的地のカフェに向かう。二月に入って寒波はますます激しさを増し、道端に弱々しく生えている雑草はお互い体を擦り合わせて暖を取るかのように身を寄せ合っていた。

「あそこの新作のコーヒーゼリー、気になるよね」

「分かる！　私もいつか頼もうかなって思ってるの。コーヒー専門店で作るコーヒーゼリーってなんか逆に気になるよね。高級寿司屋が本気で作るカリフォルニアロールみたいな」

「ぶはっ、それ美味しいのかなあ」

彼女の一言に思わず吹き出してしまう。いつもネタを探しているだけあって、ちょっとした小ネタやエピソードが面白く、つい笑わされてしまうことが多かった。

来月までに絶対食べようね、と話しながら歩いていると、話題に出していたカフェが見えてくる。やや遠いけど駅と反対方向なので、同じ学校の生徒の溜まり場になっていないところがお気に入りだ。

ふたりでホットミルクティーを頼み、向かい合ってテーブルに座る。啜《すす》るように一口飲むと、くどくない甘さと温かさが喉に流れ込んできて、スッと肩の力が抜けた。

「昨日の弾丸岐阜《ぎふ》旅行トーク、よかったよね」

「うん、やっぱりアットさんの旅行ネタ面白いよねー！　私、少し前の佐渡ヶ島《さどがしま》の話も好きだったなあ」

「僕もアレお気に入り！　あの博物館の話めっちゃ笑ったもん」

まず話すのは、やっぱりアットマーク放送室について。ふたりとも去年の放送も割と覚えているし、公式の切り抜き動画のお気に入りは何度も聴いているので、過去のトークの話でも十分に盛り上がれる。

でも、最近の話題はラジオだけじゃない。

「蓮杖さん、英語の小テスト、難しくなかった？」

「そうそう、共通テストの問題、急に出てきたもんね」

「先生はこれが解けるなら大丈夫、っていうけど解けなかったしなあ」

「私もダメだったから、なんか逆に不安になっちゃった。あーあ、こんなんで受験勉強乗り切れるのかなあ」

ミルクティーをよけるような形でテーブルに突っ伏す彼女を見て、笑みが零《こぼ》れる。

「浅桜君は塾とか行ってるの？」

「ううん、行ってないけど、周りが行き始めてるから考えちゃうよね」

授業から受験、受験から大学、大学からひとり暮らし。キーワードごとにどんどん話が飛び、お互いのことを少しずつ知っていく。

蓮杖さんは、これまでクラスでも耳にしていた通り、たくさん話してたくさん笑う子だった。だからこそこうして一緒に過ごす時間が、ことの外楽しい。

「いらっしゃいませ」

店員さんの声に続いて、体操着姿の男子が三人お店に入ってくる。指定カバンを見ると、この学区の中学生らしい。手に持った黄色の袋にはフットボールと英語で綴られていた。スパイクを入れているのだろう。僕の視線が自然と彼らに行っていることに、蓮杖さんは気付いたようだ。言葉に詰まった後、僕は「サッカーかあ」と話題を切り替えた。

「僕、中学のときにやってたんだよね。小学校から中三まで続けてて……でも怪我とか色々あって、辞めちゃってさ」

「うん……そっかあ。そういうこともあるよね」

蓮杖さんは何度も無言で頷《うなず》く。

自分の馬鹿な行動のせいで事故に遭って道が閉ざされたなんて、幻滅されそうで面と向かっては言いづらい。なんとなく濁した言い方になってしまったけど、彼女が同じ中学だったことを思い出す。ひょっとしたら、ある程度事情を知っているのかもしれない。でも、さすがにそれは訊けなかった。

「蓮丈さんはサッカー見たりするの？」

「ううん、日本代表の試合くらいかなあ。ねえねえ浅桜君、経験者だとさ、試合のときにどんなところに注目して見るの？　一度聞いてみたかったんだよね！」

「そうだなあ、メインの選手がいつもと違うポジションについてたりすると、どんな意図があるのか気になったりするなあ」

「へえ、そうなんだ！　私考えたことないなあ。サッカーは騒ぎ始めたときに画面見ればいいから、ながら見できていいなあっていつも思ってる！」

「サッカー観る理由それなの！」

誰かと放課後に話すのはこんなに楽しかっただろうか。高校で部活にも入らず、学校が終わったらすぐに帰っていた僕にとって、蓮杖さんと過ごす夕暮れどきは、想像よりずっと速く時計の針が進んでいった。

翌週の昼休み、教室で駿から話しかけられる。

「優成って最近、蓮杖さんと仲良いんだね」

「は？　え、そうか？」

勢いでごまかそうとした僕の反応に、彼は微笑んだまま頷く。

「教室では話してないけど、廊下でちょくちょく話してるでしょ。それに、放課後正門横で待ち合わせしてるのたまたま見つけたよ」

さすが友人だ。他の人は気付いていないだろうけど、僕のことはよく見ている。

「ああ、まあ、ちょっとね」

「そっか」

共通の趣味のことは話さなかったけど、駿はそれ以上深くはツッコんでこない。その距離感がありがたかった。

「ねえねえ、浅桜君もお便り投稿してみたら？」

蓮杖さんが唐突に勧めてきたのは、その日の放課後だった。今日は予定があるらしく、カフェには行かずに一緒に駅まで帰っている。

「えっ、僕？　無理だよ、面白いことなんか思いつかないもん」

「別に面白くなくてもいいんだって！　アットさん、別に笑える話じゃなくても読んでくれるでしょ？」

確かに、幼少期の思い出話やちょっと切ないような話もよく読まれている。ガチョウの湖さんの悩み相談も聞いたことがあった。

「それにね、面白いことって案外色んなところに転がってるよ。私のもそうでしょ？

普段聞き流してるような会話でも、ちゃんと聞いてるとツッコミどころがあったりするの。町の中でも、見回していると意外と面白いものに出合えたりするよ」

「そうなのかあ」

僕は、一番気になったことを彼女に訊いてみる。

「蓮杖さんは、なんでお便り出してるの？」

彼女は暗くなり始めた空を見上げ、人差し指をアゴにつけて「んー」と考え込む。

「投稿してると、いつも面白いこととか探すようになるから、毎日退屈しないよ。それに、しんどいことがあっても『これお便りにしよう』って考えたらちょっと気持ちが楽になったりもするし！」

「しんどいことがあっても……」

アットさんも『旅行で失敗しても、ラジオでネタにすればいいやって思ってるんだよね』と言っていた。それは、彼女のように〝ハガキ職人〟と呼ばれる、お便りを送るリスナーであっても同じなんだろうか。

「あとね、投稿してるとラジオ聴くのがもっと楽しくなるの。次に自分のが読まれるんじゃないかって。ふふっ、私もね、毎回ドキドキしてるんだあ」

そう言って、蓮杖さんは笑ってみせる。ラジオのことを話しているのに、僕に対してドキドキしていると言われたようで、心臓がドッドッと速く、強く脈を打つ。僕は照れを隠すように質問で返した。

「なにがきっかけで投稿し始めたの？」

「んっとね……私、ずっとバレエやってたんだよね」

「うん、ラジオでも書いてたよね」

「そうそう。で、バレエ大好きでさ、ずっと続けたかったんだけど、ちょっと病気になっちゃってね」

「えっ、病気？」

確かに思い返すと、蓮杖さんのお便りには何度か病院の話が出ていた覚えがある。でも、彼女の口から直接病気という単語を聞くと、変に意識してしまう。

「そう。結局それが原因で続けられなくなっちゃって、中三のときに辞めることになったの」

「それで辞めたんだ……」

肩の上にのっかった黒髪を風に揺らしながら、残念そうに話す彼女の横で、僕は心底驚いていた。バレエを辞めた理由を、初めて知った。

自分は、信号のない道路で渡ったり、不注意で車に気付かなかったり、そんな風に自分の行いのせいで脚に傷を負ってしまったから、心のどこかで『自分のせいだ』と納得することもできた。でも彼女は違う。病気というどうにもならない理由で道が閉ざされた。誰も責められない、納得もできない。それがどれほどしんどいことか、想像もつかない。一体どうやって立ち直ったのだろう。

「すっごく塞《ふさ》ぎ込んじゃって。自分の部屋にいると本棚にバレエの本や映像があって思い出しちゃうから家にも帰りたくなくて。それで、放課後は学校のグラウンドを歩いたりして気分転換してたの。今思うと、運動部の人たちが一生懸命やってるのを見て元気もらってたんだろうなあ」

「それ……逆につらくなかった？　やりたいことやれてる人たちのこと見て」

素直な感想が口をつく。だってそれは、僕が事故の後にサッカー部を見ないようにした理由だったから。

「もちろん羨ましいなとも思ったけどさ。でも、たとえこの人たちがみんな自分と同じようにやりたいことができなくなったとしても、一時的には気分がスッとするかもしれないけど、誰も幸せじゃないし、別にそんなに嬉しくないんだろうなあって。だから素直に応援してた！」

「そう……かもな」

僕はあのとき、慰めてくれたサッカー部のメンバーに悪態をついていた。最低だと知りながら、アイツらも同じ目に遭わないかな、と考えていた。でも実際にそうなったらどうだっただろう。全員が怪我をしてサッカーができなくなって、それを見てざまあみろとずっと喜ぶだろうか。多分、違う。彼女の言う通り、ほんの少しの間はそんな風に思ったとしても、最後には夢や楽しみを奪われた相手に同情してしまうだろう。中学時代の蓮杖さんに大事なことを教えられた気がして、目から鱗《うろこ》が落ちると同時に少し気恥ずかしくもなった。

「ふふっ、実は浅桜君のことも見てたんだよ！　だからサッカーやってるのも知ってんだ」

「えっ、僕のことも？」

「サッカー部、エースだったでしょ？　だからよく目に入ってたの」

「そうなんだ……」

記憶を辿るように首を傾げていると、彼女は「ふふっ」と微笑んだ。

「実はね、たまたまだけど、ちょっと話したこともあるんだよ」

「ええっ、全然覚えてない！　蓮杖さんがグラウンド歩いてたことも知らなかったし、ホントにごめん！」

「いやいや、そんなに気にしないで！　目立たないように歩いてたから。もうね、きっと三人くらいには地縛霊だと思われてたね。レギュラーになれないと成仏できないタイプの」

「そんな幽霊イヤだ！」

すかさずツッコミを入れて、ふたりで笑う。彼女の話によると、邪魔にならないようにグラウンドのかなり外側を歩いていたようだ。

「で、歩いてるうちにさ、運動部のみんなの練習中や休憩中の会話が面白いことに気付いたんだよね。普段すごく頑張ってるのを見てるから、トンチンカンなこと言ってたりすると余計におかしくて。ふふっ、サッカー部もめっちゃ面白かったよ！」

「そうかなあ。確かに馬鹿話ばっかりしてた気がするけど……」

蓮杖さんは口に手を当てて思い出し笑いをしていた。全然思い出せないけど、つらかったときの彼女に少しでも楽しんでもらえたならよかった。

「ちょうどその頃から切り抜き動画がきっかけでアットマーク放送室を聴くようになってたんだけど、高校生も投稿してたの。だから、私もこのままバレエのことで気が沈んだままでいるのもイヤだし、思い切って出してみようかなって。それで『部活レギュラー君の生態シリーズ』みたいな感じで投稿していったんだよね」

「うん、ガチョウの湖さんといえば運動部の面白ネタって感じ！」

でも最近はクラスの子や先生、学校の周りのお店の店主もターゲットになっていて、色々なところからネタを拾ってきているようだった。

「アットさんがよく読んでくれるようになってさ。そしたらあのラジオが私の匿名《とくめい》の居場所みたいに思えて、私の個人的なことも送ってもいいんじゃないかって、少しずつバレエ辞めたこととかも書けるようになったの」

　まっすぐ前を向く彼女の息が、煙のように白く空に消えていく。心根もまっすぐに、ゆっくりと立ち直っていった彼女の強さに、素直に感銘を受けた。

「でも、投稿っていっても、そんなに急にネタ思いつかないしなあ。最近大きなエピソードもないし」

「高校の行事の話にすれば？　球技大会とか」

「え、なんで球技大会なの？」

　彼女は「ん、や、なんかあのイベントってネタ多そうだなって」と手をひらひらさせた。確かにそうかもしれない。実際に一年生のとき、球技大会のバレーの試合で、サーブミスで審判に当ててしまったのを思い出す。

「あとは……サッカー部のエピソードとかいいんじゃない？　私が知らない面白い話とかあるだろうし」

「確かに、探せばなにかありそうな気がする！」

「でしょ？　リスナーでサッカーやってる人もいるだろうし、興味あると思うよ。それでさ、いつかサッカー辞めたこともお便りにして、ひとつのネタに昇華できたら、今より少し気持ちが軽くなるかもしれないよ。私もバレエの練習で大変だったこととか投稿してるうちに、ちょっと気持ちが楽になった気がするんだあ」

駅の改札に向かう階段を上がりながら、彼女は「どう？」と訊いてくる。

「……ちょっと考えてみようかな」

「わっ、ホント？　へへっ、やった、楽しみにしてるね！」

夜の始まりが空を黒く染める中で、蓮杖さんは嬉しそうに破顔した。

自分がお便りを送るなんて考えたこともなかったし、さっき聞いたときも断ろうと思っていた。でも、今の退屈な日々を変えるきっかけになるかもしれない、なんて考えが頭を巡っている。それは紛れもなく、彼女のおかげだった。


そこから三日経った木曜日の夜。僕は椅子に座りながら、スマホの前で祈るように手を組んでいた。

イヤホンから、アットさんの声が聞こえてくる。

『じゃあ、お便りいきましょう』

握っていた手にグッと力をこめる。高二にもなってこんなことで神頼みなんて、と思ったけど、つい自分のお便りが読まれることを願ってしまう。

『まずは……ラジオネーム、癒やし中華さん』

何度か耳にしたことのある名前に、思わず頭をガクッと下げる。

蓮杖さんから勧められた月曜、悩みながらも一通メールを送ってみた。ハガキでも投稿できるらしいけど、僕は普通に公式ホームページの投稿フォームから送信。送るときにあんなに緊張して何度も読み返すなんて思わなかった。

その後もドキドキしながら放送を聴く。蓮杖さんが『投稿してると、次に自分が読まれるんじゃないかって、ラジオ聴くのがもっと楽しくなるよ』と言ってたけど、まさにその通りだった。今まで以上に放送が短く感じられるし、読まれる人のお便りはやっぱり面白いなあと嫉妬してしまう。

アットさんはいつお便りを選んでいるんだろうか、投稿は月曜日の夜じゃ間に合わないのかな、でも前に前日に選んでたって話もしてたような……不安と期待を同居させながら、最後まで放送に没頭する。

結局、今回は僕のお便りは読まれなかった。この番組にしては珍しく、『今日はお別れに一曲流しましょう』と最後に人気のバンドの新曲を流す。ポップな応援ソングで、『またトライするだけ』という歌詞が、悔しがっている自分を励ましてくれているようだった。


「悔しいなあ！　読まれろ、読まれろ、ってお便り読まれる度《たび》に念じてたのに」

「ふふっ、私も初めて投稿したときそうだったなあ。なんか懐かしい！」

翌日、放課後のカフェで肩を落としていると、蓮杖さんが昔を懐かしむように微笑んだ。

「蓮杖さん、どうやって読まれた？　なんかテクニックとかあるの？」

「えっ、どうやってとかは特にないなあ。でもやる気は大事！　私も何回か読まれなかったから『こうなったら絶対読まれたい』ってムキになって意地で出し続けた気がする！」

急に熱意に満ちた表情を作って、彼女は両拳をグッと握る。それは、僕自身への激励にも見えた。

「浅桜君なら大丈夫だよ、きっと読まれる。私、楽しみにしてるね！」

「うん、ありがと」

「ちなみに……もしよかったら、ラジオネーム教えてもらってもいい？」

「え？　なんで？」

そう訊くと、彼女は恥ずかしそうに一瞬目を逸らした後、照れながらもう一度僕に視線を戻した。

「私も祈りながら放送聴きたいなって！」

その言葉に、ドキリとしてしまう。彼女の優しさに、心が跳ねるようだった。

「ありがとう。えっとね……」

向かいの彼女に近づいてもらい、耳打ちするように教えてあげると、彼女は嬉しそうに頷いた。

次の週は二通送ったけどやっぱり読まれなかった。もう送れるエピソードがないかな、なんて思ったけど、ここまで来たら止《や》める気にならない。ムキになっていた彼女の気持ちがよく分かる。サッカーで培《つちか》った意地や諦《あきら》めの悪さのせいでもあったけど、正直に言えば蓮杖さんにいい報告をしたい、というのが一番の理由だった。

そして、ネタを捻《ひね》り出して三通送った翌週、閏《うるう》年だけの二月二十九日、木曜日の深夜一時。足元のヒーターをつけながら厚着をして、机でアットマーク放送室を聴いている。まもなく終盤に差しかかろうとしているが、イヤホンからはまだ僕のお便りは流れてこない。

今回もダメだったかなと思っていた、次の瞬間だった。

『じゃあ次は……初めてかな？　ラジオネーム、エース君』

「おわっ！」

口を押さえても間に合わず、叫び声が部屋に響く。同じラジオネームの人だったりしないだろうか。そんな心配をしてしまう。

『【アットさん、こんばんは。僕は中学までサッカー部に入ってましたが、そのときにトラップ＆キャッチという変わった練習メニューがあったので紹介したいと思います。相手からロングボールを蹴られたら、一回トラップして、その後に手でキャッチできたら得点がもらえます。足でトラップなら一点、胸なら二点って感じで体の部分ごとに点数を変えて、ＰＫみたいに先攻・後攻で得点を競うゲームです。蹴る方もコントロールの練習になって面白かったですよ。ちなみに僕は名前の通りエースだったのでめっちゃうまかったです！　アットさん、この練習、どうやったらもっと面白くなりますか？】

なるほど、これ楽しそうだね！　面白くか……一発逆転できるトラップ場所を作るのとか、どう？　どこにしようか。背中？　逆に顔面？』

アットさんの小ボケに、構成作家の与一さんの笑い声が聞こえる。そのリアクションに、僕はガッツポーズをした。

この気持ちはなんだろう。もちろん、書いた努力が報われたってことも嬉しいけどそれだけじゃない。自分が、この大好きな番組の一部になれたんだ。たった二、三分だけど、全国に自分の話が流れて、アットさんだけじゃなく何人かのリスナーはそれを楽しんでくれたはずなんだ。その言い表しようのない高揚感に、番組終盤のトークは全然頭に入ってこなかった。

番組終了後、スマホで一通のメッセージを送る。相手は、連絡先を交換してから挨拶以外なにも送っていなかった蓮杖さん。

【読まれた！】

送ってから、連絡するには遅すぎる時間だったと気付く。聴き終わってすぐ寝てしまっただろうか。だとしたら起こしてしまうかも。

そんな心配は、すぐに来たバイブの通知で打ち消される。

【聴いてた！　明日はお祝いで、気になってたコーヒーゼリー食べよ！】

【いいね、一緒に食べよう！】

【私まで嬉しくなっちゃった！　おめでとう、エース君！笑】

キラキラと輝く絵文字入りで来た返信に、【蓮杖さんのおかげだよ！】とめいっぱい感謝の言葉を返して、興奮冷めやらぬ中でベッドに横になる。

布団の中で腕や足を擦り合わせて温めながら目を瞑ると、暗闇の中で浮かんできたのは、『おめでとう！』と祝福してくれる蓮杖さんの顔だった。彼女の笑顔を想像するだけで、寝る前とは思えないくらい鼓動が速くなる。

毎日話している彼女への想いが、いつの間にか随分特別なものに変わりつつあることに気付いて、僕は誰に見られているわけでもないのに布団を頭までかぶった。

ネタ用ノート②

アットさん、こんばんは。

実は最近仲良くなった友達がこのラジオに投稿し始めました。この前メールでも書いた、私の正体がバレてる人です。「どうやって読まれたの？　テクニックってあるの？」なんて質問を受けて、自分が中学生のときのことを思い出しました。何度送っても読まれなくて、毎日躍起になってネタを探してたなあ。

初めてラジオで自分のが読まれたとき、すごく嬉しかったです。それはもう、泣きそうなほど。テクニックとかよく分からないまま高校生になったけど、今ではすっかり常連のリスナーになれました。

この番組が大好きです！　これからも、ずっとずっと聴いていたいです。

第三章　私の耳は

「そんな気軽に言わないでよー！　亜希ちゃん、コンビニでアイス選んでるときの方がまだ真剣に考えてるよ！」

「あははっ、確かにそうかも。やっぱ紫帆は面白いなあ！」

クラスで、彼女の名前だけクリアに聞こえる。意識していることがはっきり分かってしまい、耳のあたりが熱くなる。

他のことで気を紛らわせようと、バッグからクリアファイルを取り出す。そこにはアットマーク放送室から送られてきたカードが挟まっていた。ハガキの半分くらいのサイズで、番組名とアットさんの直筆サインが入っているだけの、特に用途のないカード。でもこれが、お便りを読まれた人にだけ送られてくるノベルティだと思うと、見ているだけで心が弾む。きっと、彼女はたくさん持っているのだろう。

「優成、今日みんなでゲーセン行くんだけど、一緒にどう？　駿も来るってさ」

「あー、いや、僕はやめておくわ」

友人とそんな会話をしつつ、彼女にとって自分が同じような存在であればいいな、僕の名前だけはっきり聞こえてほしいな、なんて願いながら、帰り支度をした。

三月に入り、寒さのピークは過ぎた。時折、春を先取りしたような暖かい日も出てきているけど、気分はどこか冴えない。まもなく三年生の卒業式だ。あと二週間もせずに春休みだという解放感と、受験生になってしまうという一抹の焦燥感と。学年が上がってもクラスは持ち上がりなので仲が良い人とバラバラになる不安はないけど、進路や志望校という名の未来を決めなくてはいけない時間制限付きの迷路の中で、暗中模索することに怯《おび》えていた。

「またな」

「おう、優成またな！」

誘ってくれた友達に挨拶して廊下に出る。帰り際、席に座っている彼女と目が合って、周りに気付かれないよう、腰の前で小さく手を振って合図を送った。

相変わらず教室の中ではほとんどやりとりはない。話すのはもっぱら放課後だ。

「優成君、リッチバーガーの新作ポテト見た？　めっちゃ気にならない？」

「見た、じゃがバターのフレーバーだろ！　ちょっと気になるよね。紫帆の家の近くにはリッチバーガーあるの？」

「ううん、ないの。ちぇっ、隣駅にはあるんだけどなあ。でもバター味じゃなくてじゃがバター味って面白いよね。じゃがいも揚げたものにじゃがいもの味足してる」

「確かに！」

いつものカフェで、他愛もない話をする。彼女の話にはいつも笑わされっぱなしだ。ここにいるのはいつも一時間くらいだけど、少しずつ彼女との距離が縮まっているのが分かる。それは例えば、呼び方が「優成君」「紫帆」に変わったように。それに、事故のことも彼女には話した。僕のことを、ちゃんと知ってもらいたかった。

「今日の放送も楽しみだな」

「うん、楽しみ。じゃあまた夜にね」

カフェに行ったり一緒に帰ったりするのも毎日じゃないし、メッセージを頻繁《ひんぱん》に送り合う仲でもない。でも、お互い毎週一回、深夜に同じ音を聴いている。それが僕と彼女の特別な関係だった。


『続いてのお便り、新鮮グミさんから。いつもありがとう』

きっと彼女も、僕と同じように机でイヤホンをつけて聴いている。

自分がアットさんの話で笑っているときは、紫帆も笑ってるだろうと想像する。彼女のお便りが読まれたときは、そのネタに感心する。番組が終わってから、メッセージで【今日の紫帆の投稿、すごく面白かった】と送ると【この前の優成君と話したことがヒントになったんだよ！】なんて返ってくる。ただのクラスメイトじゃなくて、みんなには内緒でふたりでアットさんの部屋を覗き見して遊んでいるような、そんな不思議な関係が、ものすごく特別に思えた。

＊＊＊

三月中旬のある日の放課後、カフェには行かずに駅まで紫帆と一緒に歩いている途中、アットマーク放送室の話になった。話題は前回の放送でのお出かけトーク。アットさんは、東京の六本木《ろっぽんぎ》付近で美術館に行ったというエピソードを披露していた。

「あの話に出てたデザイン展、面白そうだったよね！」

「分かる。僕、話聞いてたら行きたくなったよ」

その言葉を聞いた彼女は、目を見開いたまま僕の方をジッと見る。そして、不意に俯《うつむ》いたかと思うと、夕方になりかけの外でも気付けるほど顔を赤くして、もう一度僕に視線を合わせて向き直った。

「その……もしよかったらさ、優成君、一緒に行かない？」

「え……美術館に？」

「うん。私も、行ってみたいなって、思ったから」

途切れ途切れの言葉の中に、彼女の想いが垣間見える。勇気を出して誘ってくれたことが嬉しくて、急な空っ風で冷えていた体が熱を持つ。

「行こう！　うん、予定決めよう！」

「ホントに？　やった！」

緊張が解けたのか、彼女は安堵《あんど》の笑みを漏らした。どちらかというと猫っぽい顔つきだけど、こうして気の抜けたような表情をすると目尻が下がって、少し違った印象に見える。

「今週の土曜とか、どう？　僕、一日空いてるんだけど」

「大丈夫、空いてるよ」

「じゃあそこで！　時間とか調べておくね」

「ありがと、私も調べてみる」

約束をして駅の改札を入ったところで別れる。こういう日は、電車のホームが違うのが堪《たま》らなく残念に感じてしまう。

三月十六日の土曜日は、思った以上にあっという間にやってきた。

朝、天気予報で日本列島各地に映る晴れマークを見つつ、昨日ニュースで九州はまもなく桜の開花宣言だと言っていたことを思い出した。この辺りは桜はまだまだだけど、太陽は冬眠から覚めたように明るく眩《まぶ》しくなっていて、冬の終わりも近そうだと感じられた。

「こっちかな……なんか変かな……」

クローゼットから長袖シャツとジャケットを引っ張り出し、白のインナーと合わせていく。薄手のシャツに、気に入っている厚手のジャケットの方がいいかな。それとも気温で脱いだり着たりすることを考えるともう少ししっかりしたシャツにした方がいいかな。でも、これだと色合いが似すぎて……。ああ、もっとファッションについて勉強しておけばよかった。

色々なパターンを考えて、そのたびに姿見に私服の自分を映す。アットさんが行った場所を訪れるのだから、言ってしまえばただの〝聖地巡礼〟だけど、紫帆と一緒に出かけると思うと私服選びにいつもの何倍も時間がかかってしまう。少しでも彼女にかっこよく見られたいという想いが、ベッドの上のハンガーとなって積まれていった。

「行ってきます！」

九時過ぎ、玄関のドアを勢いよく開けて外に飛び出す。こんなにワクワクしながら出発するのは、部活の試合以来だろうか。そこから二年経っていると思うと、いかに自分の時間が止まっていたか、考えてしまう。

【時間通り着けそう！　ホームの三両目のところで集合とか、どうかな？】

【それでいいと思う！　私も時間通り着くよ】

集合場所は西日暮里《にしにっぽり》駅のホーム。西日暮里は山手線《やまのて》も走っていて上野《うえの》駅の近くだけど、今日の目的地である六本木方面に向かう東京メトロ千代田《ちよだ》線も通っている。ルートを調べたらふたりとも西日暮里で乗り換えになっていたし、六本木付近の都心にひとりで行くのはやや心細かったし、なによりも彼女と話す時間を少しでも多く取りたかった。

ほんの少し僕の方が早く着いたようで、ホームで彼女を待つ。スマホの画面を見てもいいし音楽を聴いてもいいけど、そんな気にはなれなくて、自分が下りてきた方を振り返る。

階段を下りてくる人、下りのエスカレーターを歩く女子、エレベーターから出てきた数人のグループ。このホームに向かってくる人々の顔を一度に見ながら、彼女を探す。サッカーで身につけた動体視力が、こんなところで活きてくる。

ようやく見つけた彼女は、駆け足で階段を下り、僕のもとに走ってきた。

「優成君、ごめんね！　乗ったのが一番端っこの車両だったの忘れてて、時間かかっちゃった。ドジっ子キャラやっちゃったよー！」

「いやいや、大丈夫だよ、ドジっ子さん」

からかいながら手をひらひらさせつつ、彼女の服装につい目を奪われ、見蕩《みと》れてしまう。

オフホワイトのタートルネックに、タータンチェックの深緑のスカート。上に羽織っているのはライトグレーのブルゾン。学校では見ることのできないカジュアルな装いは新鮮で、休日に出かけているんだということを改めて実感する。

僕の視線が服にいっていたのが気になったのか、紫帆も自身の服装を上から下までチェックするようにパッパッと見た。

「……変、かな？」

「ううん、全然変じゃないよ。その、似合ってると思うし」

「ホント？　ふふっ、ありがと、照れるなあ！」

彼女はお礼を言った後に少しだけ表情を強張らせ、視線を明後日《あさって》の方へ向ける。思いがけず恥ずかしいことを口走ってしまい、僕も緊張して唾を飲んだ。動揺を悟られないように、腕時計を見ながら叫ぶ。

「そ、そろそろ行こっか、紫帆」

「え？　行こうって、ここから電車乗るんでしょ？」

「あれ……あ、そっか、ホームだ」

恥ずかしい勘違いをしてしまった。しばらくふたりとも黙っていたけど、やがてどちらともなく「ぶふっ！」と吹き出す。それは次第に、笑い声に変わっていった。

「いやあ、なんか駅前に集合した気分だった！　漫画とかよくあるじゃん、『ごめん、待った？』みたいなヤツ！」

「ふっふっふ、優成君、ラジオのネタにされたいのかな？」

「しないでしないで！　読まれたらどんな顔して聴いていいか分からない！」

結果的に柔らかい雰囲気になり、ホームに滑り込んできた電車に談笑しながら乗り込んだ。席はひとつ飛ばしでしか空いてなかったので、ドアの近くに並んで立つ。

紫帆が不意に、ドア横に載っている漫画の広告を指差した。

「これ新章に入ったんだ。私、結構好きなんだよね！」

「僕、読んだことないや。面白い？」

「うん、面白い！　主人公だと思ってた子があっけなく死んじゃうんだけど、そこからしっかり物語が続いてくんだよね。それでしっかり王道のファンタジーやってるのがすごいなって」

「へえ、今度読んでみる。あ、この映画めっちゃよかったよ」

お返しにとばかりに、車内の動画広告に流れてきた新作映画を紹介した。

車内にあるもの、車窓に映るもの、ドアが開いたときに見えるもの、全てが話のタネになって、いくらでもおしゃべりができる。このまま話しただけで帰ったとしても、楽しい思い出になるだろう。きっと、誰が相手でもこうなるわけじゃない。彼女だから、相手が紫帆だから、ずっと笑っていられる。そんな気がした。

「まもなく、乃木坂《のぎざか》、乃木坂です。足元にご注意ください。乃木坂の次は、表参道《おもてさんどう》に停まります」

最寄り駅を告げるアナウンスが響き、乃木坂駅で降りる。今日の目的地、新国立美術館は、この駅の改札直結だ。

　中へ入って百円のコインロッカーにバッグをしまう。親にカード決済を協力してもらい、ネットで買った電子チケットのＱＲコードを提示して入場すると、館内はびっくりするくらい混んでいた。

「うわ、すっごいね」

「何人かはアットさんの放送聴いてきてるんじゃないかな。あ、見て、オーディオガイド、特別価格だって！」

　対象の作品を音声で解説してくれるオーディオガイド。有名な俳優と女優の音声が録音された機器とイヤホンを貸し出していて、なにかの割引デーなのか、受付で三百円引きになっていた。

「せっかくだから借りていかない？　僕、多分解説とか音で聴いた方が頭に残る方だからさ」

「あ……うん、いいよ！」

　快く承諾してくれた紫帆と一緒に二台借りて、イヤホンを耳に嵌《は》めながら入口を進んでいく。

「始めは……あ、優成君、あっちだよ」

　順路と書かれた表示を見つけた彼女が、僕の数メートル先をスキップのように軽い足取りで歩く。その楽しそうな様子を見られただけで大満足だった。

今回催されている企画展は「びっくりデザイン展」。文房具やキッチン用品などの日常で使うものを、不思議なデザインや使い勝手に配慮したデザインにした作品が展示されている。

「紫帆、見て、この変な箸置き。不安定でめっちゃ置きにくそう」

「私だったらご飯のたびにお箸床《はし》に落としてる！」

「このお茶碗《ちゃわん》、なんでこんなところに穴開けてるんだろうね」

「あ、これは僕分かったよ。洗った後に糸尻《いとじり》のところに水が溜まらないようにしてるんだ！」

「なるほど、賢い！　優成君、十点獲得！」

「やった！　ってなんの点数なの、それ」

作品を見ながらアレコレ話すのが楽しくて、ずっと笑いながら見ていく。

目から鱗の便利さに驚いたり、洗練されたデザインに感心したり。放送でアットさんが『ただただ子どもみたいに楽しめた』『美術館になじみがない人こそ行ってほしい』と言っていたのがよく分かる。美術館という単語から想像する堅苦しさは全然なくて、細かい解説を読まなくても十分に分かるし、オーディオガイドでデザインの秘密や制作の裏話を聴くともっと理解が深まる。展示されているものを眺めるだけでなく、触れられるように置かれている一部のものは実際に触ってみると、質感や持ちやすさなど新たな発見があって面白かった。

展示物も残り僅《わず》かになった最後のエリア、芸術家が作った奇抜なデザインの日用品が並んでいる。

「僕さ、このレモンを搾《しぼ》るヤツ、美術の教科書で見たことある！　へえ、ジューシーサリフっていうんだって」

彼女の方を見ると、オーディオガイドのイヤホンをグッと耳に押し込んで顔を顰めていた。

「紫帆、どしたの？」

「え……あ、ううん。なんか、うまく聴こえなくてさ」

「聴こえない？　故障かな」

彼女の端末を借りて再生してみるが、ちゃんと解説が流れている。

「ううん、普通に聴こえるなあ」

「あ、そっか、じゃあ接続が悪かったのかも、ありがとね」

彼女は慌てて僕からオーディオガイドを取り、耳に嵌めながら展示物をじっくりと眺め始めたので、僕も横に並んで一緒に鑑賞する。

そうして、最後の展示物を見終わったときには、あっという間に一時間半が経っていた。

「面白かったね！　優成君、お土産も見ていこ！」

「うん、見よう見よう」

いつも学校で見ているよりずっとテンションの高い紫帆に呼ばれるままに一階のショップに行くと、今回の企画展に関連するお土産がたくさん陳列されていた。これまで美術館に行ったこと自体も数えるほどだし、お土産を買ったことなんてなかったように思う。でも、今日は別。なにか、今日の思い出に残るものを買いたい。ここに紫帆と来たことを、いつでも思い出せるようなものを。

「ねえねえ、見て、優成君。これ面白くない？」

「あ、箸置きじゃん！」

「そうそう、インテリアにしたんだって」

それは展示会の最初の方で見た赤い箸置きだった。形状が不安定でバランスが悪いばかりか、箸をのせる窪みの形も歪《いびつ》でコロコロ転がってしまいそう。実際に箸置きとしても使えるらしいけど、かなり使いづらいので机の上に飾っておくことを推奨します、というカラフルなポップが値札の横に添えられていた。

「意外と安いな。僕、これにしようかな」

「面白いからいいと思う！　私はね、これに決めたの！」

「ポストカードか、いいね」

展示物のひとつ、ジューシーサリフと呼ばれるレモン絞りの道具の写真がプリントされている。もともと宇宙船のような形の道具だけど、写真がほぼモノクロなので余計に宇宙船っぽさが増していて、とてもセンスのいいポストカードだった。

お互いに会計を終え、美術館を出て乃木坂駅の改札へ戻る。時計を見ると、すっかりお昼時になった十二時半。夢中になって立ちっぱなしで見ていたので、休憩もしたいしお腹も空いていた。

「じゃあ紫帆さん、お目当ての店、行きますか！」

「ですね、行きましょう行きましょう！」

ふたりで浮かれながら乃木坂駅の改札を通り、千代田線に乗って西日暮里方面へ戻る。十五分ほど移動し、降りたのは根津《ねづ》という駅。地図で見るとJRの上野駅から歩ける距離らしい。都会は色んな路線が走っているせいか、駅と駅の距離がものすごく近く感じる。

改札を出て地上への階段を上ると、東京っぽくない、どこか懐かしい感じの町並みが広がる。個人商店のパン屋や婦人服店のあるメインストリートを歩いていき、交差点で右折すると、大きなうどん屋の向かいに、目指していたもんじゃ焼き屋が見えた。

「すみません、予約してた浅桜ですけど……」

「はい、二名様ね。そっちのテーブルにどうぞ」

四卓しかない小さなお店で、鉄板のあるテーブルに通される。若い男性の店主がひとりで切り盛りしているようだ。

「わっ、優成君！　ほら、あれ見て！」

「ん？　あ、アットさん！」

紫帆が指差す壁を見ると、アットさんのサインが飾られていた。ここは芸能人御用《ごよう》達《たし》の店というわけではないけど、アットさんは実家が近く、お気に入りの店らしい。美術館のトークでも、帰りにここでお昼を食べたと言っていたので、僕たちもわざわざ電車を途中下車してやってきた。彼のトークに出てくるコースを回るのは、ファンの僕たちにとってすごく楽しい時間だ。

「紫帆、どれにする？　お好み焼きもあるけど……」

「でもやっぱりアットさんと一緒で、もんじゃにしたいよね。私は……はい、トレンドに流されやすい人間なので、餅明太子もんじゃにします！」

「もんじゃ焼きにトレンドとかあるの！」

「いや、それがここに人気ナンバーワンって書いてあるのよ」

「なるほどね。僕はチーズもんじゃにしてみよっと」

ツッコミを入れた後に店主を呼んで注文する。しばらくすると大きなどんぶりに入ったもんじゃ焼きのもとが運ばれてきて、紫帆は拍手で迎えた。たっぷりのキャベツにメインの具材、そして小麦粉を溶いた水がひたひたに入っていて、毎度ながらとてもここから美味しい料理ができあがるなんて想像がつかない。

と、紫帆は興味深そうにどんぶりの中身を箸で動かしている。そして、少しだけ照れたような顔で「実はさ」と口を開いた。

「私、もんじゃ焼きって食べたことないんだよね。だから作り方も全然知らないのに来ちゃった」

「おお、いいじゃん。人生初もんじゃだな。それじゃ、僕に任せておいて。同じようにやってね」

広い鉄板の手前を僕、奥を彼女が使う形で分け、まずは箸でキャベツを鉄板にのせていく。すぐに大きなヘラをふたつ使ってキャベツを細かく切ってみせ、ヘラを渡して彼女にも真似してもらう。

「優成君、手慣れてるね」

「ああ、サッカー部のヤツらとたまに食べに行ってたんだよ。駄菓子屋エイトって、中学の近くにあったの知ってる？　東《ひがし》小の辺りだったんだけど」

「ううん、知らない」

「そこで鉄板のテーブルがあってさ、もんじゃ焼きもメニューにあったんだよね」

「え、駄菓子屋にあったの？　もんじゃ焼きが？」

紫帆は目を丸くしている。確かに珍しい。小学校のときからいくつかの駄菓子屋に行ってたけど、もんじゃ焼きができるのはエイトだけだった。

「ホントにキャベツと小麦粉だけのが百五十円で売っててさ。そこに他の駄菓子買って入れてくんだよね。美味しい棒とかギャングスターラーメンとか」

「わっ、楽しそう！　しかも安い！」

「そうそう。だから練習早く終わったときとか、ファストフードの代わりに行ってたなあ。それでうまくなったってわけ」

「そっか。じゃあ引き続き教えてください、先生」

よろしい、とふんぞり返って答えると、彼女はヘラで口を隠すようにしてくすくすと笑う。

「じゃあ次に、刻んだキャベツをヘラでドーナツ状にしていこう」

真ん中に穴を作っておけば、所謂《いわゆる》〝土手《どて》〟の完成だ。

「で、ここに少しずつ汁を流し込んでいくんだ。あんまり入れると土手が決壊して外に出ちゃうから気を付けて。あと、餅や明太子もこのタイミングで入れていいよ」

「分かった！　これくらいかな……？」

「うん、いい感じ」

汁を少し入れてしばらくしたらキャベツと混ぜていき、また土手を作り直す。そしてまた汁を入れ、キャベツと混ぜる。繰り返していくと、どんどん土手がどろどろになっていく。紫帆が「なんかもんじゃ焼きっぽくなってきた！」とはしゃいでいるのが面白かった。

「すごい、完成だ！」

汁を全部入れ、薄く伸ばしてできあがると、紫帆はキラキラと目を輝かせて鉄板を見つめる。僕は彼女に食べ方を教えるように、ヘラでもんじゃを押さえて焦がしながら説明した。

「味付けにしょうゆかソースって書いてあるけど、まずはそのまま食べてみて。焦がしてると結構味濃くなったりするから」

紫帆は食べる用の小さいヘラにふうふうと息を吹きかけ、おそるおそる口に運ぶ。

途端、「熱っ」と体を揺らしながら、僕にピースを作ってみせた。

「明太子の辛さが利いてて美味しい！　味もこれで十分かも！」

「チーズもなかなかいいよ、ちょっと洋風な感じで面白い」

「ホント？　優成君、一口ちょうだい」

「うん、僕もそっち気になってた」

相手のもんじゃ焼きをもらって食べる。紫帆のは、明太子の辛さとびよんと伸びる餅の食感が絶妙、さすが人気メニューだった。

「あ、優成君、青海苔《あおのり》あるよ。ちょっとかけてみようよ」

「いいね、相性よさそう！」

青海苔をかけて味見する紫帆の真似をして僕もかけてみると、角度をつけすぎてドバッと出てしまった。

「うがっ！」

「わー、浅桜選手、残念ながら失敗です！　今のお気持ちは？」

「悔しいです！　次回は必ず成功させます！」

大きなヘラをマイク代わりに差し出していた彼女が、手を叩いて破顔する。

今日は聖地巡礼に来た。もちろんそれもあるけれど、僕の心の中では少し違っていた。一緒に電車で美術館に行って、ご飯を食べる。この後は周辺を散策して、カフェに入る。これは、僕にとっては紛れもなくデートだ。

「優成君、お腹足りた？　お好み焼きのハーフサイズもあるよ」

「ハーフか、ちょっと豚キムチのお好み焼き気になってたんだよなあ！」

一緒にいる間、ずっと笑っていて、ずっと楽しかった。

楽しい気分のまま、過ごせると思っていた。


結局ハーフのお好み焼きを食べて店を出た後、根津から西日暮里に向かって散歩する。今日のコースを決めるときに調べたところによると、この辺りのエリアは、散歩デートにピッタリな場所らしい。綺麗なお寺やレトロな建築、そしてカフェというより喫茶店と呼んだ方が良さそうな店がたくさんあり、どの道を曲がっても退屈しないようだ。

僕は紫帆としばらく歩いた末、西日暮里近くの、古民家を改装したという喫茶店に入った。木造の落ち着いた店内には小さくピアノのジャズが流れている。年季が入っているけどふかふかで座り心地のよい椅子に座り、ふたりでアイスティーを注文した。

「そういえば紫帆、EMANON《エマノン》好きって言ってたよね。新曲聴いた？」

「ううん、まだなの。よかった？」

「うん、前からガラッと変えててかっこよかった！　ダウンロードしてるから聴いてみる？」

お気に入りのバンドの新曲を流せるようにし、スマホに挿したままのイヤホンを渡す。彼女が期待に満ちた表情で耳に嵌めたのを見て、再生ボタンを押した。

「………」

彼女は真顔のまま無言で数秒聴いた後、グッと顔を顰める。

「……優成君、ちょっとだけスマホ貸してくれる？」

「え？　いいけど、歌詞見たいとか？」

表示の仕方を教えようかと思ったけど、彼女は僕のスマホをジッと見て、カチカチと側面のボリュームボタンを押している。

そして、微かに悲しみを湛《たた》えた笑みを見せて、一言呟《つぶや》く。

「これさ……流れてるんだよね？」

「え……？」

どういうことだろう。返してもらったスマホでは再生中になっているし、イヤホンをつけるとギターのソロがギャリギャリと唸《うな》っている。それも、大音量で。

そういえば、と僕は企画展のときを思い出した。オーディオガイドを聴いていた彼女が、途中で聴こえなくなったと言っていた。今の状況と全く一緒だ。

「やっぱり、ほとんど聴こえないなあ」

流れているはずなのに聴こえない。音が、拾えていない。

僕の怪訝そうな表情が気になったのだろう。紫帆は、なにかを決意したかのように両手をグッと握った後、吹っ切れたような清々《すがすが》しい表情で口を開いた。

「そのうちね、ラジオも聴けなくなるの。はあ、残念だなあ」

「え、聴けなくなるって……？」

放送が聴けない地域に引っ越すのだろうか。でもラジオアプリのプレミアム会員になれば放送圏外の番組も聴けるはずだけど……。

頭がついていかず、短絡的にしか考えられない僕の想像を打ち消すように、紫帆はぽつりとつぶやいた。

「前に病気のこと話したでしょ？　中学のときに病気が見つかってバレエ辞めたって。それがちょっと悪化しててて……私ね、脳に腫瘍《しゅよう》ができてさ。近いうちに、耳が聞こえなくなるんだ」

暖房がしっかり当たっているのに、気温が下がった気がした。

「優成君、大丈夫？」

「……え……あ……」

彼女に呼ばれるまで、心が消えたようになっていた。自分が自分でなくなるような、意識が外に這《は》い出て、俯瞰《ふかん》で自分を見ているような、そんな感覚。ここ数分の言葉を聞かなかったことにしたい、という願望がそうさせているのかもしれない。

「んもう、せっかく勇気出して説明したのにさ。ちゃんと聞いてよね」

「いや、うん、聞いてはいたんだけど……」

音としては聞いていたけど、頭には入ってきていなかった。彼女に現実に引き戻された今、ただひたすら、説明してもらったことがリフレインする。

『頭の中に腫瘍ができてるんだって。それが肥大化してて、聴覚神経に影響が出てるらしいんだよね』

『このままだと徐々に聞こえなくなるんだって。腫瘍ができてる場所的にも手術するのが難しいみたいで』

『仮に場所が大丈夫だったとしても、私これまで何回も手術してるから体ボロボロでさ、手術を受けること自体が難しいかもしれないって。だから、今のところ打つ手ないんだよね』

いつか僕に話す気でいたのかもしれないと思わせる、淀《よど》みない説明。でも僕はにわかには信じられず、「そう、なんだ」と上の空で相槌《あいづち》を打つことしかできなかった。

「聞こえないって……ブツブツ切れるの？」

「ううん、切れるんじゃなくて、遠くで聞こえるような感じかな。音量上げてもほとんど変わらないの。ずっと一定の小さな音量のままなんだ」

「そう、なんだ」

僕と目を合わせないまま、彼女は詳細に教えてくれる。『すぐよくなるよ』も『大丈夫だよ』もない淡々とした話は、まさしく症状の説明だった。

「……僕の声は？　聞こえる？」

「ううん、今はまだ遠いかな。でももう少ししたら治まると思う。さっきもそうだったしね。オーディオガイド、少しの間だけ聞こえなくなったけど、しばらくしたらもとに戻ったんだ」

紫帆の耳が病気で聞こえなくなる。頭のどこかでフィクションのように処理しようとしていたその言葉が、具体的な症状を知ることでリアリティーを持つ。オーディオガイドのときの記憶も混ざることで『本当に聞こえなくなるのかもしれない』という現実味をもって襲いかかってきて、胸の奥にザワザワとイヤな風が吹いた。

「時間が経つと治るんだ」

「そうだね、この前もそうだったから」

彼女はそう言って、これが初めてではないことを仄《ほの》めかした。

「三日前に、同じような状態になったの。身の回りの音、全部が小さくなって、まるで海の中に潜って地上の音を聞いてるような感じになってさ。しばらくしてもとに戻ったんだけど……ああ、本当に耳がダメになるんだ、なんにも聞こえなくなるんだなって。ちょっと気落ちしちゃった。そんなことで落ち込んでる場合じゃないのにね」

「……それは……しんどいね」

肝心なときにちょうどいい言葉をかけてあげられない自分がイヤになる。でも、大丈夫じゃないのに『きっと治るよ、大丈夫だよ』という励ましは逆に傷つけることになってしまうかもしれないし、『元気出して』なんてなんの意味も持たない。それは、脚が使い物にならなくなったときに同じような言葉を投げかけられた僕が一番分かっていた。

「ごめんね、テンション下げるような話題出しちゃって。ほら、アイスティー美味しいよ、飲もう！」

「ああ……うん」

むしろ自分が気を遣われてしまい、空元気の紫帆にガムシロップを渡される。ひとつまるまる入れたはずなのに、アイスティーは大して味がしなかった。

喫茶店を早々に出て、西日暮里駅へ向かう。時間は十六時半、そろそろ帰宅するために電車に乗らなきゃいけない。

「紫帆、耳もう大丈夫になった？」

「……え？　ごめんね、なにかな？」

聞き返してくること、それ自体が回答のようなもの。声を大きくしても聞こえ方は変わらないらしいから、ゆっくりはっきり、口を開いてもう一度「耳、だいじょうぶ？」と訊くと、彼女はゆっくり首を横に振った。

「ううん、今回は結構長いかな……自転車のベルとか聞こえないと困るよね」

「確かに。ギリギリで聞こえても避けられないもんな」

彼女のことが心配で、横に並んで歩く。心なしか、彼女の息が荒い気がする。耳に痛みがあるのだろうか。

大きなマンションが建ち並ぶ大通りを進んでいき、かなり先に駅らしきものが見えた、まさにそのときだった。

「……う、う……」

隣の紫帆が、小さく呻《うめ》きながら不意に立ち止まる。

「……紫帆？」

「う、うう……」

「紫帆、どした？」

返事はない。顔をよく見ると、焦点が定まっていないようだった。

そして。

「……ゆう、せ――」

どさり、と。まるで大きなお米の袋が重さで倒れるように、彼女は地面に崩れ落ち、起き上がらない。

「……あ」

叫び声でもなく、ただただ、間の抜けた声が口から一音だけ漏れ出た。なにが起こったか、脳が理解するのを拒むように、数秒彼女を見つめる。

倒れた彼女と、黙ったままの僕。不自然な静寂を破ったのは、駆け寄ってきた五十代くらいのおばさんだった。

「ちょっと、大丈夫！」

その声で、一気に我に返る。その場にしゃがみ込んで、地面に横たわる彼女の顔を見つめながら、大声で名前を呼ぶ。

「紫帆！　紫帆！　大丈夫か、紫帆！」

気を失っているものの浅く呼吸をしている。倒れたときにどこを打ったかは分からないけど、特に外傷はないし血も流していない。

そこまでは把握できたけど、ここからどうすればいいか分からない。意識が戻るのを待った方がいいのか、近くで休ませた方がいいのか。休ませる場合はどこで？　どうやって連れていく？　思考が止まってしまって、なにも行動できずにいた。

そんな僕の肩を、おばさんが勢いよくバンバンと叩く。

「ちょっとアンタ！　救急車！」

「え、あ、救急車って……」

「こんなところで倒れたんでしょ！　病院行った方がいいに決まってるじゃない！　早く呼んで！」

「は、はい」

言われるがままにスマホを取り出し、一一九を押す。救急車なんて中学のあの事故のときに乗っただけで、呼んだことはないから動揺しっぱなしだった。

『こちら一一九番です。火事ですか、救急ですか』

冷静な、それでいて若干急《せ》いている電話口の声に、今が緊急事態なのだと改めて理解する。

「あの、救急です」

『住所はどこですか？』

「えっと……西日暮里駅の近くなんですけど……あ、にっぽり音楽ホールっていうコンサートホールが見えます」

『分かりました。では、症状など教えてください』

「その、高校の同級生が急に道で倒れて……」

できる限り詳細に伝えると、最後に僕の連絡先を聞かれ、救急車を手配してくれた。

少しずつ人が集まってきたので、僕は何人かと協力して彼女を道の端に運んで救急車を待つ。

　こんなに心細い待ち時間は初めてで、サイレンと共に救急車が到着したときも、救急車に乗り込んで一緒に病院に向かうときも、僕の心には絶え間なく不安が渦巻いていた。


「……ん……」

　病院のベッドで横になる彼女が小さく声を漏らしたのは、ここに運ばれてから少し経ってからのことだった。

「紫帆、紫帆、起きた？」

「優成……君……？」

　目を開けた彼女がゆっくり首をこちらに傾け、ベッドの隣に置かれた椅子に座る僕をじっと見つめる。

「私、どうして……」

「散歩して駅に帰るときに倒れたんだ。びっくりしたよ」

「そっか、道で倒れちゃったんだ」

　優成君が助けてくれたの、と聞かれて、首を振る。

「こんなこと初めてで頭真っ白になっちゃってさ。たまたま近くにいたおばさんに言われて、やっと救急車呼べたんだ。だからその人のおかげ。情けないでしょ」

「そんなことない、よ。優成君がそうやって動いてくれたから助かったんだよ。ありがとね……痛っ」

「大丈夫っ!?」

起き上がろうとした彼女が後頭部を押さえる。倒れたときに打ったらしい。

「うん、大丈夫……安静にしてないとだね」

腕や脚に怪我はないかとあちこち確認している彼女に、僕は救急車が到着してからのことを簡単に説明した。近くの病院で病室が空いていたため、ここに運び込まれたこと。意識不明ではあったものの命に別状はなさそうということで、起きるまで僕が付き添っていたこと。

「一時間くらい意識なかったんだね、私」

ゆっくり体を起こし、広い病室を見渡す紫帆。たまたま患者さんの退院があり、相部屋用の病室がまるまる空いていたので、窓側のベッドを使わせてもらっていた。

落ちかけの夕日が彼女を照らし、黒い髪に広く光を残す。そんな彼女を見ながら、僕はさっきの彼女のリアクションが少し気になっていた。『そっか、道で倒れちゃったんだ』と、倒れたこと自体にはあまり驚いてないような口ぶり。これも脳の腫瘍が原因なのだろうかと、どんどん疑問と不安が生まれてくる。

「優成君、今日はホントにありがとね。もう帰って大丈夫だから。私も少ししたら帰れると思うし」

「あ、ああ……」

詮索を制するような彼女の笑顔に、僕はそれ以上訊くことができず、「もう少しだけいるよ」とだけ返す。俯いたときに一瞬だけ見せた沈んだ表情が、その後もずっと頭に残っていた。

ネタ用ノート③

アットさん、こんばんは。いつも楽しく聴いてます。

今日、友達に、この番組の常連リスナーであることに続いて、病気のことがバレました！　いつかタイミングを狙って言おうと思ってたんだけど、流れで言うことになりました笑

言ってみて、心がスッキリした気がします。学校でも誰にも言ってなかったから、初めて本当の自分を知ってもらったというか、これで対等になんでも話せるな、という気分です！

でも困ったことがひとつ。彼もこのラジオを聴いてるので、おいそれと病気のこと書けないんですよね。余計な心配かけちゃいそうだから。別ペンネームで投稿してみようかな。そんなわけでアットさん、私に別のラジオネーム考えてください！（ここで発表されたら彼にもバレバレですね笑）

ううん……ここまで書いたけど、なんか暗すぎる気がするから出さない！　ボツ！

第四章　君とたくさんの音を

三月十八日、月曜日。春休みまであと一週間というタイミングで、紫帆は学校を休んだ。

土曜の夕方に彼女が病院に運び込まれた後、大きな怪我や後遺症もないためその日のうちに帰れることが決まり、紫帆の両親にも電話が繫がって迎えに来てくれることになったので僕は先に帰宅した。昨日は彼女の具合も分からなかったので連絡をしていなかったから、休むことは今朝登校して初めて知った。

そういえば彼女は一学期たまに遅刻していたけど、体調不良だと先生が言っていたな、という記憶が朧《おぼろ》げながら蘇《よみがえ》ってきた。きっと、病気のことで通院していたのだろう。誰にも知られないまま、誰にも気付かれないままひとりで戦っていた当時の彼女に、今さらながらエールを送ってしまう。

「春休み早く来ーい！」

「受験生になる前の最後の休息を我らに！」

ほぼ授業も終わり、だいぶリラックスモードのクラスメイトが休み時間に叫ぶ中、僕は斜め前の空席を見ながら、先週の紫帆とのデートの記憶を噛み締めていた。

美術館に行って、もんじゃ焼きを食べて、カフェに行って。この記憶を、動画サイトのように途中停止できたらいいのに。そんな願いも空《むな》しく、脳は再生を続ける。イヤホンを渡して音楽を聴いてもらったときの、あの哀しそうな笑顔。『ほとんど聴こえないなあ』という小声の呟きのトーン。そして駅へ向かう大通りで倒れた後の騒ぎ。全てが鮮明に思い出せる。むしろ美術館やもんじゃ焼きよりも強く記憶に焼き付いていることが、楽しいデートを上書きされたようで悔しくもあった。

彼女の耳が聞こえづらくなっている。彼女の世界から音が消えかかっている。静かな世界は、どんなに寂しいんだろう。想像もつかない。

「大丈夫か」

机の天板をジッと見ている僕の心境を察してか、駿が話しかけに来てくれる。その気遣いに心が和らいだ。

「ああ、うん。ありがとな、駿」

大丈夫だよ、と言い切れない。駿もきっと、それに気付いているだろう。虚勢を張るのを諦め、僕は駿にひとつだけ訊いてみた。

「もしも、もしもさ。自分が仲が良い人が、人知れずものすごく大変な目に遭っててさ。それを知っちゃったとしたら、駿はどうする？　励ます？」

「知っちゃったとしたら、かあ……ううん……」

駿は考えるときのクセで目を細め、天井の方を見ながらしばらく悩んでいる様子だったが、考えがまとまったのか納得するように頷き、座っている僕に視線を戻した。

「励ますってことはないいな」

「え、そうなのか？」

「だってその人、きっと十分頑張ってるんだろ？」

「あ……」

そうだ、彼女はもうすでに頑張っている。病気を持ち、不安と、それときっと恐怖も抱えながら、生活を続けている。

「そういう人に対して頑張れって言ってもさ、むしろ負担になっちゃうんじゃないかと思って」

「そう……かもな。じゃあ駿、僕になにができるだろう？」

不安を隠しきれない声色で質問を重ねた僕を落ち着かせるように、駿はニッと右の口角を上げてみせた。

「別に特別なことしなくてもいいんじゃない？　普通にさ、ただ近くにいればいいと思うよ。話聞いたり、趣味の話をしたり、それで十分だって」

「近くにいれば……」

それが正解なのか、分からない。でも、少なくとも僕は、そうやって紫帆の近くにいたいと思った。

紫帆が登校してきたのは翌日の三時間目の途中だった。体調不良というボカした理由で欠席していた彼女は、まるでなんともない、ただ少し頭痛がしただけだ、というように席に座り、授業を受ける。病気のことなどひた隠しにして。ただ、その表情が幾分浮かないように見えた。

「蓮杖さん、大丈夫？」

廊下に出たりしたらその隙に話しかけようと思っていたけど、休み時間もずっと教室にいるので、仕方なく名字で呼びかける。

「うん、浅桜君、ありがと。大丈夫、ちょっと体調悪かっただけだから！」

その無理やり作ったような微笑みが、余計心配になる。僕はその場では「ならよかった」と答え、後でふたりになれるときにもう一度話しかけることにした。

「紫帆」

帰りのホームルームが終わり、急いで帰ろうとする彼女を廊下で呼び止める。彼女は一瞬動揺したものの、やがてフッと短く息を吐き、「どうしたの？」と笑顔で振り返った。

「今日さ、一緒に帰らない？」

「うん、帰ろ。なんか久しぶりだね！」

誘いを受けてくれた彼女と靴箱に向かう。並んで改めて目にする横顔は、やっぱりどこか沈んでいる。いつも明るい彼女だからこそこういう些細《ささい》な変化が気になるし、寄り添ってあげたい。

でも、そういう気遣いを目的に一緒に帰るわけじゃない。理由なんてなくて、ただただ単純に、一緒に帰りたいだけ。隣で彼女の顔を見ながら、話をして帰れることが、すごく嬉しくて幸せな時間だから。

「なんかさ、寒くなくない？　あったかくなってきたよね！」

「だな」

靴に履き替え、正門に向かうアスファルトを歩く。

今日は体育がなかったから、登校してから初めて外に出た。肌寒いときもあるけど、体の芯まで底冷えするような気候ではなくて、太陽が首の後ろや手の甲をじんわり温めてくれる。すっかり冬とは呼べない季節になり、春の陽気が待ち遠しくなる。

彼女の声のトーンも、気候を映し出したように明るいままだ。でもその表情には、微かに影が差している。

「東京、もうすぐ開花宣言するらしいよ」

「ねっ、ニュースで見た！　どんどん早くなってくよね。そのうち入学式にはプロジェクションマッピングで桜映したりして」

「うわー、そんな桜やだなー」

いつもと同じような笑い話をしていても、頭の中は気がかりなことで埋め尽くされてしまう。僕は思い切って、核心に迫ることにした。

「土曜日さ。あれから、大丈夫だった？」

「うん、優成君帰ってからすぐお父さんとお母さんが迎えに来てくれたよ。本当にありがとね」

「ううん、全然だよ。あのときも言ったけど、近くにいたおばさんのおかげだし。それより……なにか、あった？」

彼女はビクッと肩を震わせて、勢いよく顔をこっちに向ける。その様子は、聞かれるのをほんの少しだけ恐れているようだった。

「ずっと、浮かない顔してたからさ。気になって」

「ん……」

僕の言葉を聞いた紫帆は、分かりやすく目が泳いでいた。ややあって、彼女はへらっとした笑みを見せる。

「そっかあ。やっぱり優成君には分かっちゃうんだね」

その言い方は感心ではなく、全部話さなきゃいけないなという、ある種の諦めにも似た感情を孕《はら》んでいた。

「昨日ね、かかりつけの病院に行ったの。それで再検査してもらったんだけど、腫瘍が想定以上のスピードで肥大化してるんだって。聴覚神経にも近いうちに大きな影響が出るみたい」

「それ、は……」

どういうこと、という質問は怖くて口に出せなかったけど、彼女は僕の二歩先を歩き、顔を見ないまま答えてくれた。

「あと四、五ヶ月。七月か八月かな。そのくらいには完全に聞こえなくなるみたい」

「八月って……すぐじゃん」

「そう、すぐなの！　なんかホントに早くてさ、イヤになっちゃう」

些細な出来事に文句を言うように口を尖《とが》らせ、望んでもいないカウントダウンをするみたいに、紫帆は左手の指をゆっくり一本ずつ折り曲げる。一本で一ヶ月とすれば、片手で足りてしまう期間。彼女は、グーになった手をさながらヘッドホンのように耳に当てた。

この前、病室で彼女が沈んでいたように見えた理由が分かった。耳が聞こえなくなるタイムリミットを告げられることを予想していたのではないだろうか。

「そ、それ以外は、お医者さんになにか言われた？」

また少しだけ間が空く。悩んでいる彼女と視線が合うのが気まずくて、僕は伏し目がちに道路の枯れた落ち葉を眺めた。やがて、彼女の声が耳に届く。

「……ううん。遅らせるのは難しいから覚悟しておいてね、ってだけ」

　夕方になる前なのに、急に体が寒くなる、急に視界が暗くなる、そして急に足元が覚束《おぼつか》なくなる。

　覚悟しておいてね。なんて重い、ひんやりとした言葉なんだろう。彼女がどんな気持ちで口にしたか考えるだけで胸が苦しい。そして、僕の質問の結果そんなことを言わせてしまったことに、激しい後悔の念が押し寄せた。

「ごめんね、つらいこと話させちゃって」

「ううん、そんなことないよ！　いつか優成君には話そうと思ってたから」

　励ましなんて意味がないと分かっていて、でもどんな言葉をかけるのが正解かは分からなくて。僕の前で相変わらず笑顔を見せている彼女への返事が脳内のどこを探しても見つからなくて、ただただ無言で相槌を打つ。

「……防げないのか？　どうやっても？」

　さっき答えを聞いた質問なのに、僅かな望みを求めてもう一度尋ねてしまう。紫帆は僕に背を向けて、小さく頷く。黒い髪も、同調するようにふわりと揺れた。

　そして、不意に振り返った彼女は、優しい顔をしていた。こんな状況でどうしてそんな表情ができるのかと思うほど、柔らかい微笑だった。

「もうラジオが聴けなくなるのがホントに残念なんだよね。アットマーク放送室、もっと聴きたかったなあ」

「三年の夏までは聴けるよ」

「そうだね、あと二十回くらいかな」

もう終わった気になっている彼女に反抗するように補足すると、具体的に回数に直してくれた。四、五ヶ月というと割と短い気がしていたのに、あと放送二十回と言われると少しだけ長く感じる。そんな大して意味のない錯覚にすら、今は縋《すが》っているだけで心が軽くなった。

「それにね」

「それに？」

「……優成君とも話せなくなるでしょ。それがすごく寂しい」

きちんと話すようになってからまだ二ヶ月なのにそんな風に言ってくれることが嬉しくて、その分、堪らなく心が締め付けられる。テキストで返してくれるなら会話できるよ、なんて咄嗟《とっさ》に思いついたフォローも、揚げ足を取るようで言いたくなかった。

代わりに僕は、自分にできることを提案する。

「ねえ、紫帆。これから、どんなことをして過ごしたい？」

「え？」

「週末から春休みだろ？　一緒にどんなところ行きたいかなって。耳が聴こえなくなる前にさ」

駿からもアドバイスしてもらっていたこと。彼女のそばにいてあげる。

なんの激励も、鼓舞《こぶ》もない。横に並んで、ただ一緒に歩く。それが、今の自分にできる唯一のことで、自分が紫帆にしてあげたいことだった。
四、五ヶ月というなら、夏休みに間に合わないかもしれない。三年生になれば週末に模試を受けることも増える。自由に出かけるなら、今しかなかった。
「……行ってくれるの？」

「もちろん！　どこでも行くよ。希望ある？」

「やった！　えっとね、どうしようかなあ」

目を見開いて驚く彼女の頭の上に、ポツッと水滴が落ちる。続いて僕も頭上に冷たさを感じ、ふたりで慌ててバッグから折り畳み傘を取り出した。

名前と同じ、紫色の花を咲かせた彼女は、僕に向かって歯を見せて笑う。

「やっぱり、ラジオだけじゃなくて、色んな音を聴きたいな。この世界が静かになる前に、たくさんの音を吸い込みたい」

「じゃあ早速計画立てよう。何ヶ所も行きたいしね」

「うん、立てる！　優成君、ありがと！」

雨が傘に当たり、ふたりの春休みを祝福するようにパチパチと奏でる。

この拍手も、地面に当たる雨音も、今の彼女にはちゃんと聞こえているのだろうか。

僕は来週が待ち遠しくなり、パシャンと水溜まりを蹴った。

＊＊＊

「ご覧ください！　こちらでは満開の桜が……」

テレビでアナウンサーが情感たっぷりにリポートしているのを見ながら朝食のトーストを頬張る。三月二十五日、月曜日。一昨日の土曜から春休みだけど、やっぱり平日が休みになる方が、どこも空《す》いているので嬉しい。

「優成、今日は東京の方行くんだっけ？」

「うん、ライブ観てくる」

気を付けてね、という母に「分かってるよ」とだけ答えて、パンくずがついたお皿をシンクに入れて水をかける。そのまま自分の部屋へ戻り、特に目的もなくユーチューブを開いた。

今日は午後から紫帆と出かける。紫帆は家の都合でお昼過ぎまでは出られないらしく、十三時に集合して下北沢《しもきたざわ》に向かい、お茶をすることになっていた。

時計を見るとまだ八時半、出発まであと三時間以上あるけど、あまりにも楽しみでなにも手につかない。この時間を貯金してテスト前に引き出せたらいいのに、なんて空想に浸りながら、気が付くとベッドに横になってアットマーク放送室の切り抜き動画を再生していた。

『えっと、確かガチョウの湖さんも高校生だったと思うんだけど……』

アットさんが他の高校生のお便りを読んだ後のトークで紫帆に触れており、不意打ちにドキッとしてしまう。

『高校のうちは一日一日がホントに貴重だから大事に過ごしてほしいね。みんなさ、これまで何人もの人から同じような話聞いたでしょ？　また大人がなにか言ってるよ、って感じでしょ？　でも逆に考えてみて。それだけの人が同じように思ってるってことは、それだけ普遍的なんだよ。みんな思ってるから同じアドバイスするんだ。勉強も大事だし、受験も頑張ってほしい。でもそれ以上に、毎日のちょっとした馬鹿話とか恥ずかしいような恋愛とか、そういうのやってほしいね。大学生と違うから、自由になりきらない不自由さの中で、精一杯自由に青春してください』

「一日一日大事に、かあ」

独り言を漏らした後、勢いよくベッドから跳ね起きる。そして、春休みの宿題になっていた英語のプリントをバッグから取り出して進めていく。早く終わらせておけば、春休み後半で紫帆と遊ぶ時間も増やせるだろう。

アットさんの言葉には、やる気を出させる不思議な力があるのかもしれない。ガチョウの湖さんに向けられたメッセージは僕にもしっかり響いて、午前中を無為に過ごさずに済んだ。


「下北沢、僕初めて来たなあ」

「私も初めて！　オシャレＪＫになった気分！」

駅の時計はピッタリ十四時を指している。紫帆と合流してから電車を乗り継ぎ、渋《しぶ》谷《や》から電車で五分ほどで下北沢、通称、下北に到着した。カフェや古着で有名な場所だけど、駅を出て辺りを見回すと〝チェーン店が多い〟という印象で、あまりオシャレな街には見えない。

「とりあえず、お目当てのカフェ行こっか」

「うん、楽しみにしてた！　入れるかなあ」

「口コミ見る限りは、お昼過ぎてたら大丈夫みたいだけどね」

僕の隣で紫帆は心配そうな表情を浮かべる。白のインナーにデニムジャケット、下は小花柄のロングスカート。ジャケットの色がライトブルーなのが春らしい。僕も同じような色合いのデニムを穿《は》いているので、お揃いみたいで嬉しくなる。

「じゃあ案内するね」

あらかじめ登録しておいた住所をマップに表示させ、南に向かって歩いていく。チェーンのレストランや居酒屋ばかりだった街の風景も、しばらく歩いていくとカフェや小物のショップに変わっていき、僕たちはウィンドウショッピングがてら目的地を目指した。

やがて着いたのは、真っ白な外装が綺麗な小さなカフェ。中に入ると、十席ほどのテーブルがあり、レジの横には赤色の塗装が目立つケーキのショーケースがある。柔らかい間接照明に、壁のいたるところにドライフラワーが飾られていて、女子なら誰もが好きそうな空間。いくつか候補を送った中で、紫帆が『ここがいい！』と即答したのも頷ける。

「紫帆、どれにする？」

「ううん、迷うなあ」

口コミ通り、比較的空いていて座ることができ、ふたりでショーケースの前に並ぶ。華やかで色とりどりの宝石のようなケーキに、彼女はすっかり見蕩れていた。

「じゃあ私は……黄桃のタルト！」

「僕はオススメって書いてあったレアチーズにしようかな」

紅茶とのセットで頼むと、店員さんがかわいい水色のお皿にのせて運んできてくれた。レジを打ってくれた人と顔が似てて驚いたけど、ＳＮＳの紹介を見るとどうやら姉妹でやっている店らしい。

「わっ、美味しそう！　いただきまーす」

何枚か写真を撮った彼女は、フォークで切って口に運んだかと思うと、すぐに頬を押さえる。

「甘さがちょうどよくて、すっごく美味しい！　私の食べた歴代タルトの中でも一、二位を争うかも！」

「このレアチーズケーキも酸味があっていい！」

ふたりで舌鼓を打った後、お互いに相手のケーキが気になって、「一口ちょうだい」とユニゾンした。

「はい、優成君、これ」

彼女に切り分けてもらった黄桃のタルトは、外側はカリッと焼き上がっていて桃は濃い黄色に色づいている。甘い香りが鼻を刺激して、食べる前から美味しいことが分かるようなケーキだった。

「あ、ホントだ、食べてみると意外と甘くない」

「でしょ？　これならいくらでも食べられるよね」

香りから想像するよりもずっと甘さが控えめで、生地の香ばしさもしっかり感じられる。サクサク感のあるタルト生地の端っこ、柔らかくむにむにした桃と、食感も様々に楽しめて、彼女が言っているようにいくらでも食べられそうだった。

「でもレアチーズも美味しいね！　私の食べた歴代レアチーズの中でも一、二位を争うかも」

「えっ、また！　すぐに上位に食い込むんだな」

「だってレアチーズ今までに五種類くらいしか食べたことないし！」

温かい紅茶を飲みながら、紫帆は上機嫌に店内の壁や天井を見回す。この店が気に入ったようだ。

「私、この店のことラジオに投稿したいなあ。優成君も登場させていい？」

「うん、いいよ。ラジオネームで登場させる？　もう何回か読まれてるから、アットさんにも認知してもらってる気がするよ」

「それじゃ余計ダメじゃん！『エース君と一緒に来ました』なんて言ったら、ガチョウの湖とエース君ってどんな関係なのってツッコまれそう」

彼女は可笑《おか》しくて堪らないというように口を押さえて笑う。こんな他愛もない雑談が楽しくて、時間が瞬く間に過ぎていく。アットさんが大事にしてほしいと言っていたのは、こういう時間なんだろうか。

「よし、そろそろ行こうか」

「うん、ちょっと緊張するから早めに行きたい！」

気もそぞろな彼女と一緒に店を出て、駅方面に戻る。散歩がてら、さっきと違う道を歩くと、小劇場のような建物をいくつか見つけ、下北沢について調べたときに目にした〝小さな劇団がよくここで公演をしている〟という記事を思い出した。

「EMANONが生で見られるなんて嬉しいなあ」

「ね、嬉しいよね。紫帆はライブ自体は行ったことあるの？」

「一年生のときに友達とハミングカミングのライブに行ったよ。でもアリーナだったから、今日のとは全然雰囲気が違うだろうけどね。優成君は？」

「中学のときにレトロックのドーム公演に一回行っただけかな。ライブハウスは初めてだよ」

「そっか、一緒だね。うわあ、どんな曲やるかなあ！」

彼女は指折り数えながらライブで歌ってほしい曲を挙げていき、僕もそこに数曲足していく。

アットマーク放送室で流れた曲を聴いて好きになったバンド、EMANON。ハスキーな声と高い演奏テクニックが特徴の、ロックテイストが強い男性四人組だ。ちなみにバンド名は『NO NAME《名無し》』の綴《つづ》りを逆にしたものらしい。

まだあまり売れてないアーティストだけど、僕も紫帆も気に入っていて、よく話題に出している。今回、他のバンドと合同の、いわゆる〝対バン〟形式でこの下北沢のライブハウスでライブをやることを知り、思い切ってチケットを取った。ふたりとも初めてのライブハウスで、興奮半分、緊張半分だ。

この前新曲が出たとき、彼女に紹介したことを思い出す。イヤホンを差し出したけど、彼女はうまく聞こえなかった。

「新曲、聴けた？」

その質問で、僕が体調についても窺《うかが》ってることを理解したのか、彼女はコクリと頷いた。

「うん、大丈夫。聞き取りづらいときもあるんだけど、調子がいいときに全部予習したから」

「そっか、それならよかった」

こうして会話ができていることも、少しずつ〝調子がいいとき〟だけになっていくのかもしれない、と考えて勝手に寂しくなりながら踏切を渡り、宅配便の営業所の向かいにあるライブハウスに到着した。

「すごい、ドラマで見たことあるイメージ通りのライブハウスだ！」

ちょうど開場時間だったので、紫帆は僕より先に地下に続く階段を下りながらはしゃいでいる。打ちっぱなしの壁には、名前を知らないか辛《かろ》うじて聞いたことがあるようなバンドのライブ情報が貼られていて、この場所が若手アーティストの登竜門なのだと理解する。

　階段を下りたところで、折り畳み型の長机と椅子に座っている男女ふたり組が待ち構えていた。男性は青い髪、女性は赤髪で、どちらも気怠《けだる》そうにこちらを見ている。

「あ、チケットお願いしまーす」

「コインでーす」

　コンビニで発券した紙のチケットを渡すと、映画のカジノのシーンで見るチップのようなコインをもらう。これが噂のドリンク用コインだとにわかに興奮しながら、ライブハウスの奥へ進んだドリンクカウンターに並んだ。

「えっと……ジンジャーエールで！」

「あーい」

　スタッフが無表情のまま、ペットボトルのジンジャーエールを手渡してくれる。それを持って矢印の看板に沿って歩いていくと、遂《つい》にライブ会場に入れた。

「紫帆、大丈夫？　苦しくない？」

「うん、大丈夫」

　カウンターでコーラに替えた彼女と、押し合いへし合い前方へ進む。以前行ったライブと違ってオールスタンディング、つまり立ち見になるので、席があるわけではない。場所がある程度固まったところで、ふたりでキャップを開けて乾杯した。

「楽しみだね」

「うん、すっごく楽しみ！」

コーラを一気に飲みながら、彼女は期待に満ちた目で前方を見る。まだ明かりも少ないステージ上では、音響担当のスタッフさんらしき人が何度もギターやマイクの音量をチェックしていた。もうすぐ、こんな近い距離で演奏が始まるんだ。そう思うと、心の中で緊張と興奮が一気に噴き出してくる。

やがて簡単なアナウンスが流れ、会場全体の照明が落ちた。青いスポットライトが、ぼんやりとステージを照らす。

始めに出てきた三人組は、今回のライブで初めて名前を知ったグループだった。彼らのファンであろう女子から黄色い悲鳴があがる。

「こんばんは、グッドスターマインです！　まずは一曲目、『さんざん七拍子』」

これまで聴いたことがなかったとはいえ、出ることは知っていたので予習していたから、それなりに楽しめた。隣の紫帆と一緒に、周りに合わせて手を振ったり叫んだりしてみる。二組目のバンドも予習の成果を発揮して、体を揺らしてダンスナンバーを楽しむことができた。

そして三組目、いよいよ本命だ。休憩時間に再度楽器とマイクとスピーカーの調整が入り、満を持して四人がゆっくりステージの袖から登場する。僕たちはそれを拍手で迎えた。

「こんばんは！　来てくれてありがとうございます、ＥＭＡＮＯＮです」

いつも彼らが作った音楽にだけ触れていたけど、実際の彼らは思っている以上に礼儀正しくて、スマートで、そしてオーラに溢《あふ》れていた。

「初めての人もよろしくお願いします。さっきまでの二組に負けないよう盛り上げていくんで、ついてきてね！」

ボーカルの杉本《すぎもと》さんから軽く煽《あお》りのＭＣが入り、わあっと声があがる。この会場には三つのバンドのファンがそれぞれ集まっているはずだけど、歓声のボリュームから察するにＥＭＡＮＯＮのファンが一番多いようだ。

「まず一曲目お届けします。『ノーマル・エスケープ』」

静寂のステージから一転、ドラムの四つ打ち、ベースのスラップ、そしてギターリフと音が重なっていき、メロディーが会場全体に響き渡る。何度もイヤホンで聴いた曲が、ライブで聴くと音の広がりや反響のおかげで全く違う曲に思える。重低音が胸にダイレクトに響き、歪《ひず》むギターの音色が直接脳に刺さるかのような感覚。否が応でもテンションが上がり、自然と僕の体はぴょんぴょんと跳ねていた。

「ありがとう！　いやあ、なに話していいか分かんないな……とりあえず、すっごく楽しいです！」

あっという間に曲が終わり、短いＭＣに会場から笑い声が漏れる。「杉本さーん！」と叫ぶ声がいくつも飛び交う。

「話すの苦手なんで、歌います。『雨を奏でて』」

「わっ、優成君！　私が歌ってほしかったやつ！」

イントロと共に、紫帆が口の横に手を当てて叫んで教えてくれたので、「僕も聴きたかった！」と返事する。

隣でまっすぐにステージを見つめる紫帆についつい目が行ってしまう。それは、聴こえているのかどうかが不安だから、そして楽しそうな彼女を見ているだけでこっちまで心が弾んでくるからだった。


ライブが終わり、家に帰った夜、自分の部屋で彼女とメッセージを交わす。

【今日はすっごく楽しかった！　優成君、チケット取ってくれてありがとね】

【こちらこそ！　次、どこに行きたいとかある？】

【んー、映画行きたいかな！　『シング・ライク・ニュームーン』気になってる。アットさんも面白いって言ってたし笑】

【分かる、あのトーク聴いて行きたくなった笑　じゃあ時間調べて行こう！】

こうして、次に出かける予定が決まっていく。書かなくても覚えていられるのに卓上カレンダーにボールペンで『映画！』と書いてみると、彼女との時間を予約できたみたいで胸が高鳴った。

ライブの二日後の午後は、新宿《しんじゅく》の映画館に行った。久しぶりに大きなスクリーンで観たのは、二十世紀初頭のアメリカが舞台のミュージカル映画。時代背景を踏まえた、混沌《こんとん》とした世相に対する喜怒哀楽が入り混じる劇中歌もクオリティーが高かったけど、当時の映画の流行を再現したタップダンスも素晴らしかった。爪先《ボール》と踵《ヒール》で鳴らす、小気味いいタップの音と歌が素敵で、座りながら思わず縦揺れでリズムを取っていた。

紫帆はといえば、主人公がヒロインに別れを告げるラストシーンにいたく感動したようで、「あんなの絶対泣いちゃう！」と涙を流しながらスクリーンを後にする。

感想を言い合いながら歩くとあっという間に大通りに出てしまった。

「どこか行きたいところある？」

「んー、うん！　ちょっと付き合って！」

そのまま彼女の希望で向かったのは、ＣＤショップ。大きな店舗で前から店の存在は知っていたけど、入ったことはない。

中に入ると邦楽、洋楽とコーナーが分かれ、さらに邦楽でもＪ‐ＰＯＰやアニソン、サウンドトラックなどジャンルで分かれていた。

「ほら、ここでいくつかアルバムを視聴できるの。優成君、知ってた？」

「ううん、知らなかった！」

視聴コーナーで隣同士、ヘッドホンを嵌めてヒットアーティストの新譜を聴く。紫帆の方をちらっと見ると、揺れてリズムを取っていたけど、僕が見ていることに気付くと、おどけて自分が歌っているようなジャスチャーを入れていた。それが面白くて、スマホを向けて動画に収めてしまう。

ライブ、映画、ＣＤ。どれも音を楽しめるもの。彼女の耳が大丈夫なうちに堪能してもらいたかったし、僕も一緒に堪能したかった。

「今度の一日、月曜さ、桜を見に行かない？　都内の有名な場所とか」

ＣＤショップから雑貨屋、本屋と色んな店に行って駅に戻る途中、紫帆にお花見を提案してみる。

彼女は顎に手を当て、「ううん」と少し悩んだ後、「あのさ」と切り出した。

「別のところ行きたいなって思ってたんだけど……」

「あ、いいよ。どこに行きたいの？」

「海。海が見たい！」

普段は縁遠いその単語に、一瞬頭がついていけなくなる。海といえば、家族で夏休みに車で行くものだったから。

「えっと……泳ぐ、とかじゃなくてだよね？」

「あ、うん。海辺を散歩したいの。母方のおばあちゃんの家が海沿いだったから、昔よく行ってたんだけど、最近は全然行けてなくてね。だから、同じ場所じゃなくていいから、海に行きたい。波の音、好きなんだよね。また聞きたいなって」

「そっか、うん、それなら海がいいな」

スマホで関東の海や乗換案内を検索してみると、意外と遠くない。

「千葉《ちば》の海までなら一時間半くらいで行けるんだ。バスの時間とかあるみたいだから、また夜にでも話しながら集合時間とか決めようよ」

「うん、話そうね。すごい、なんか遠足みたい！」

紫帆はテンション高く、ギュッと握った左右の手を振る。遠足という響きに、口にした自分自身も上機嫌になったらしい。

「じゃあまた」

「うん、またね、優成君！」

学校が始まっていなくても、『またね』と言える関係。それが嬉しくて、駅で自分と反対方向のホームに向かって階段を上る彼女に、僕は静かに、でも何度も手を振って挨拶した。

＊＊＊

「時間ピッタリ！　服とか色々迷ってたから遅刻したらどうしようかと思った。待ったかな？」

「大丈夫、僕も今来たところだから」

年度の変わった四月一日、早めのお昼を終えた十二時。漫画の定番のようなやりとりをして、集合場所である改札内の自販機前で紫帆と合流する。ここから電車に乗り、一時間ちょっとで目的地の海だ。乃木坂の美術館に行ったときとそこまで時間は変わらないので、これならまたいつか行けそうだなと思えた。

「優成君、そのシャツ素敵だね」

「ホント？　うん、普段あんまり着ないんだけどね。今日は海だし」

「帽子もいいと思う！」

彼女は視線を上下に動かしながら、僕の服装を褒めてくれた。

下はベージュのチノパン、上は薄手の黒いシャツの上から、大きな花をあしらったネイビーの半袖シャツを羽織っている。そしてツバが短めの黒い帽子は、バケットハットと呼ぶらしい。褒められたシャツと帽子を今日のためにショッピングモールで買ったことは、気恥ずかしくて彼女には絶対に内緒だ。

「私のは……どうかな？　海っぽい格好にしてみたんだけど」

彼女の質問に、僕は若干緊張して言葉に詰まる。

海外の有名アニメキャラがプリントされたグレーのTシャツに、スカーレットの長袖ネルシャツ。下は膝上の白いショートパンツにサンダル。普段の制服とも、これまでの私服とも違う、開放的で活発な印象の服装に、心音がうねるように跳ねた。

「うん、その……すごく似合ってる」

「そっか、よかった」

彼女は、にへっと柔らかく微笑み、「そろそろ電車の時間だね」と言ってホームへと下りていく。リズミカルにトンットトンッと階段を鳴らしているのが今日一日を楽しみにしている証のようで、僕も音を重ねるように一段飛ばしで下りた。

「あ、紫帆、次だよ次！」

「あっという間だったなあ！」

途中で一度路線を乗り換え、ラジオの話やこの前のEMANONのライブの話に花を咲かせていると、すぐに降りる予定の駅へと着いた。ここ二、三駅は、車窓から工場や倉庫がちらほら見え、海沿いに来ていることを実感する。

「えっと、ここからバスだよな……乗り口は、と……」

「優成君、あそこに案内マップあるよ！」

有名なライブ会場である幕張《まくはり》メッセや巨大なアウトレットモールがある、千葉沿岸部の幕張。そこから電車で僅か四、五分の稲毛海岸《いなげかいがん》駅を降りて、案内に書かれている通りにロータリーに出る。バスは普段乗り慣れてないけど、時刻表を何度もチェックして目的のバスに乗った。

「なんか、バスっていいよね。私、小さいときにお母さんと一緒に乗って映画に行ったの思い出すの」

「分かる。駅から映画館遠かったし車だと行きづらいから僕もよく乗ってた」

並んで座り、窓の外を眺めながら揺られる。電車とは違って曲がるたびに重力を感じたり、この町に何十年も住んでいるであろうおばあさんが停留所で乗ってくるのを見たりするたびに、紫帆との話に出てくる懐かしい光景が浮かぶ。

「子供のときはICカードなんて持ってなかったから、乗車券取るの好きだったの。今でも結構好きだけどね！　券引いて、ウィーンって次の券が出てくるの、つい見ちゃう！」

「僕は断然、降りますボタンを押す方が好きだったな」

「あ、ズルい！　それなら私もボタンの方がいい！」

やっぱり彼女と一緒だとなにを話していても楽しい。窓から見える美味しそうな海鮮のお店についてあれこれ話していると、「次は、海浜公園入口」というアナウンスが聞こえ、僕と紫帆は「いっせーの」で一緒にボタンを押した。

「着いた！」

「着いたね！　風が気持ちいい！」

ネルシャツの裾を風でばたばたと楽しそうに揺らしていた紫帆は、「暑いね」とバッグから取り出した白い帽子をかぶった。

自分たち以外にも数名がこの停留所で降り、全員が同じ方向に歩き出す。海浜公園はとても広大で、屋外プールやBBQ用のスペースがあるらしい。

一緒に歩いていた二十代後半くらいの男性グループがグランピングエリアと書かれた方に向かう中、僕と紫帆は公園を突っ切り、海岸に到着した。入口の白地の看板には大きな赤い文字で『遊泳禁止！』と書いてある。

「ここってね、日本で初めての人工の海浜らしいよ」

「へえ、人の手で整備したんだ」

「そうなの。って、私が調べたわけじゃなくて、アットさんが言ってたんだけどね」

夏は多くのカップルや家族で賑《にぎ》わっているであろう海岸は、季節外れなこともあってほとんど誰もいない。遠くに親子が歩いているのが見えるくらいだ。

「わっ、埋まる！　埋まる！」

「僕も靴に砂入った！」

　久しぶりに歩く砂浜は、記憶の中のイメージよりもずっと柔らかくて沈みやすい。坂になっている部分を下りようとしたら、見事に足を取られてしまい、ざらざらした感触が靴の中を侵食してきた。同じ目に遭っている紫帆は「痛い、砂踏んでる！」と文句を言いながらもどこか楽しそう。

　ふたりで、足の裏の砂を払った後、波打ち際に向かう。

「うわ……波だ」

「海に来たって感じがするね」

　誰も泳いでない、誰もはしゃいでいない。季節外れの海は静かで、ざざん、ざざん、とただひたすらに寄せては返す波の音が僕たちを出迎えてくれた。太陽の光が反射して、僕たちだけで見るにはもったいないほどにキラキラと輝いている。

　横の彼女を見ると、まっすぐに水平線を見つめていた。

　泳げるわけでもないし、船も通っていない。ただただ、波が寄せては返す。ざざーんという音が遠くから響き、足元の方からは海水が砂に浸《し》みるシュウッという微かな音が聞こえる。なにもしないで、その光景を眺めているだけなのに、なぜか飽きない。

海にこんな楽しみ方があるなんて、知らなかった。

「どれどれ、ちょっとだけ」

「おっ、入るの？」

「足だけね。えへへ、そのためにサンダルにしたの」

彼女はサンダルを脱いで行儀よく砂浜に揃え、そろりそろりと前進していく。やがて波が足に当たったのか、「ひゃっ」と小さな悲鳴を漏らした。

「大丈夫？　冷たい？」

「ううん、思ったより冷たくないかも」

そして彼女は、まだ濡れてもいない砂浜に立っている僕の方を振り返って、ちょっとだけ意地悪そうに目と眉とクッと上げた。

「まさか優成君だけ入らないってことはないよねぇ？」

「……ったく、そういう煽りには弱いんだよなあ」

見事に挑発に乗ってしまい、靴と靴下を脱ぎ、チノパンの裾を捲《まく》っていく。僕もサンダルにすればよかったと思いつつ海水に足を浸すと、確かに冷たすぎない海水が足に纏《まと》わりつく。この水温なら、しばらく入っていられそうだ。波が足の甲を撫《な》で、引いていくときに足の裏の砂をさらさらと奪っていく。その感触もまた心地よかった。

「ようしっ、波に消される前に名前を書いてみるかな」

「あ、私もやってみる！」

波がたまに来るギリギリの場所に人差し指で書いてみるけど、シャアア……という音と共にやってくる浅い波のせいで見事に消されてしまう。浅桜と蓮杖、どっちも画数の多い名字のせいだね、と紫帆は笑いながら口を尖らせた。

「見て、優成君、今度は書けた！」

「僕も書けたぞ、ほら！」

こんなに楽しくて嬉しいんだから、殴り書きしたその名前が消えなければいいのに。僕と彼女がここに来たことを、ずっと残しておけたらいいのに。急いで写真に撮ったけど、写真だけでは足りない気がして、できもしないことを願ってしまう。そしてその途中で、無情な波が炭酸のようなシュワシュワした音と共に泡を残して、文字を消し去っていく。名も知らない鳥のクルルルルという鳴き声が、僕たちを嘲笑《あざわら》うかのように海辺に広がった。

「……よかった、ちゃんと聞こえる」

「ん……」

不意に彼女が呟いた一言に、唐突に現実に引き戻される。

「ここに来る前、不安だったんだ。今日は聞こえにくい日だったらどうしよう、もし到着したときに聞こえないタイミングが重なったらどうしようって」

今は、波の音も鳥の声も彼女の耳にしっかり届いているらしい。でも、〝しっかり〟じゃない日も、聞こえない時間帯もあると再認識するだけで、心がざわつく。

そんな風に気が滅入っていた僕の太ももに、急に水がかかった。

「えいっ！」

「うわっ、ちょっと！　紫帆、やったな！」

「うひゃっ、冷たい！」

足でバシャッと海水を蹴ってきた紫帆に、仕返しとばかりに蹴り返す。お互いに、子どもみたいに砂浜を走り回って水をかけ合う。

彼女は、単純にはしゃいでるのかもしれない。でも、さっきの湿っぽい雰囲気を頑張ってかき消そうとしているようにも感じてしまって、行き場のない切なさを覚える。

「優成君、見て見てこの貝、すごく綺麗」

「ホントだ、模様がいいね」

走り疲れた僕たちは、今度はしゃがみ込んで一緒に貝を探す。耳につけても波の音はしなくて、がっかりしながら波の来ない砂浜に綺麗に並べる。それはさながら、アクセサリーショップだった。

「結構集まったな。お店みたいだ」

「お店かあ。あ、そういえば私、休めるように持ってきたよ」

ずっと腰を曲げていたのでグッと後屈して伸ばしていた僕に、紫帆はバッグからレジャーシートを出してくれる。貝の手前で並んで座ったので、本当に露天商のような見た目になってしまったのが可笑しかったのか、彼女はくすくすと笑った。

ふたりでゆったりと体を伸ばしながら、相変わらず音を響かせる波を眺める。電車を降りたときには雨の予感を匂わせていた雲も、海ばかり見ていて退屈だったのか、山の方に向かって泳いで行ってしまった。

「今日から三年生で、あと一週間で始業式かあ。なんか、自分が高三なんて信じられない。もうすぐ成人なんだなあ。投票とか行ったり……」

雑談に花を咲かせようかと思ったものの、左隣の紫帆は怪訝な顔をしている。そして指の長い手で右耳、左耳と交互に押さえた。

「あー、ダメだね、右があんまり聞こえなくなっちゃった」

「え……大丈夫？」

「うん、ちょっと慣れてきたから。でも場所替わってもらっていい？　左なら優成君の声ちゃんと聞こえるから！」

言われるがままに入れ替わる。正直、そんなことに慣れてほしくないな、と思いながら、彼女の左に座り直した。

今さら、さっきの成人の話題に戻しても白々しい。黙って波の音を聞くこともできたけど、彼女にはそれすら十分には届いてないのだと気付き、病気についてもう少しだけ訊くことにした。

「片方だけ聞こえないってこともあるの？　この前のカフェのときは両耳だったみたいだけど……」

「うん、そういうときもあるよ。今日の逆で、左だけうまく音拾えないこともあるし。神経って意外と曖昧《あいまい》なんだなあって」

えへへ、と笑う彼女の力ない笑顔を見ていると、悲しみが波のように寄せてくる。呑み込まれないように、平気なフリをしながら「ルール決めてほしいよね、今日は右耳とか」と無理やりジョークにしてみせた。

「…………」

「…………」

沈黙がふたりを包む。別に彼女と一緒であれば気まずくはないけど、自分と同じ音を楽しめていないと思うと、どのように声をかけるか迷ってしまう。

その静寂を破ったのは、紫帆だった。

「そうそう、直原君の話聞いた？」

「駿？　なにを？」

思い出したかのように、彼女が僕の顔を覗き込みながら話す。

「先週、末橋《すえはし》さんに告白してフラれたって」

「ええっ！　いつ？　いつそんなことあったの！」

　そんなこと、アイツは一言も言ってなかった。好きな人がいるだなんて話も初めて聞いた。

　どんな風にアイツを励まそう。夜通し話を聞こうか、美味しいものでも食べに連れていこうか。一瞬のうちにそんな風に考えを巡らせていると、紫帆はクックックと手を口に当て、勢いよくピースサインを出した。

「優成君、今日エイプリルフール！」

「……えっ、あっ、うわっ、ちょっと！」

　一瞬、彼女の言っている意味を捉えられなかったけど、それが嘘《うそ》であるとようやく理解した。

「うわあ、びっくりした！　駿のことだから余計に！」

　今日がエイプリルフールなんて、意識もしていなかった。彼女と遠出できるのが楽しみで、それどころじゃなかったから。

「ふふっ、これでも結構頭捻ったんだよ？　ついてもいい嘘をつこうと思って」

「ついてもいい嘘？」

「そう。実は嘘だった、って明かしてホッとしてもらえる嘘なら、ついてもいいんだって。この前朝のテレビで見たんだ」

確かに、駿がフラれていなかったことに安堵したし、彼が僕に秘密を作っていなかったことにもちょっとホッとした。

「その逆はダメな嘘だね。例えば……」

口を〝あ〟の字に開けたまま、彼女は固まる。そして、微かに微笑んで、続きを口にした。

「耳が聞こえるようになる治療法が見つかった、とかね」

「……それ、明日聞きたかったな」

「ごめんね。嘘をついていい日は今日だけだから」

本当と嘘。なにが本当か、どれが嘘か、ちゃんと分かっているのに、祈りという名のノイズが事実を捻じ曲げようとする。願う通りになってくれれば、治ってくれれば。

少しずつ満ちてきた潮が、『大事なものもすぐになくなるよ』とからかうように、並べた貝を強い波で奪っていった。

つらそうな彼女を少しでも元気づけたくて、わざとらしくない程度に話題を変える。

「ひとつ、聞いてもいい？　しんどいこと、いっぱいあると思うんだ。バレエを辞めたときも、耳が聞こえづらくなったときも。そういうときに紫帆はどうやって乗り越えてるの？」

その質問を咀嚼《そしゃく》するように、彼女は大きく深呼吸する。口の中に集めた風を、伸ばした腕にかかるように吐いて、抱えた膝に頭をのせたままこちらを見て微笑んだ。

「私はそういうとき、しんどいことを『しんどいなあ！』って外に出していくの。怖かったらネタみたいな感じにしてもいいから。そうするとね、他の人から『自分もそうだよ』とか『一緒に頑張ろう』って言ってもらえるんだ」

僕はアットマーク放送室のことを思い浮かべた。いつも面白いネタを送っている彼女がたまにシリアスなお便りを送ったとき、アットさんは強い言葉ではなく、『自分もこんなことがあったから気持ちが分かる』と寄り添うように話を膨らませてくれる。他のリスナーが彼女、〝ガチョウの湖〟さんにお便りで返信する形で『私もです』と同調することもあった。

「心がつらいときって、自分が世界一不幸だって感じちゃったりするんだけど、そういう風に周りに言ってもらえると、自分だけじゃないんだって思える。いつも、自分と同じくらい大変な人がいて、今日も戦ってるんだなって、だから私もあとほんの少しだけやろうって力が出るんだ」

「……そっか」

「あとはね、できるだけみんなを笑わせるようにしてる！」

急に予想外の回答を口にした彼女に、僕は「笑わせる？」と問いかける。自分がしんどいこととと、人を笑わせることに、なんの繋がりがあるんだろう。

「私ね、中学で病気が分かったときから、両親とか親戚とか、みんなのこと泣かせちゃったのね。だから、これから関わる人のことは少しでも笑顔にしたいなって、そう思ってるんだ。そうするとね、落ち込んでる暇がないの！　いつでも楽しいこと探して、誰かに話せるように整理しなきゃいけないから」

「そう、なんだ。すごいな、紫帆、すごいよ」

彼女の言葉に胸が震えて、「すごい」しか言えなくなってしまう。自分も彼女のように強く在りたいと、心の奥底で強く思う。

そして同時に、彼女のことを大切にしたい、自分が彼女を元気づけられる存在になりたいと願ってしまう。それは、まだ自信が持てずに彼女にはすぐに伝えられそうにない、小さく眩《まばゆ》い祈りだった。

「よし、優成君、もう少し遊ぼう！」

パンッと手を叩いた彼女に合わせるように、「だな」と立ち上がろうとすると、レジャーシートの端をカニが横歩きしていた。

「あ、カニ！　ほら、見て！」

その消しゴムくらいの大きさのカニの上から手を伸ばし、おそるおそる背中を摘むように持ってみる。小学生男子が好きな子にイタズラするように紫帆に近づけてみると、紫帆はキャーキャー言いながら大急ぎでサンダルを履いて逃げた。

「おっ、もう一匹いる！　ダブルカニだ！」

「ちょっと、やめてやめて！　えいっ！」

「うわっ、ズボンの裾を捲る前に海水はズルい！」

サンダルのまま海に入って水をかける紫帆、避けようと後ろにジャンプして砂浜に転ぶ僕。もう一度水面を蹴ろうとした紫帆のサンダルが飛んでいき、ふたりで笑いながら慌てて拾いに行く。ざざん、ざざーんと、僕たちのことなどどこ吹く風の波が、心を落ち着かせるBGMを奏でる。

彼女と一緒に悲しい気持ちに沈んだ後も、こうしてふとしたきっかけでただの高校生に戻れる。その関係が幸運で幸福で、これ以上時間が進んでほしくなかった。

「そろそろ帰ろっか」

三十分弱、思いっきりはしゃいだ後、彼女はスマホの画面を見ながら僕に呼びかけた。まだ夕焼けの気配もないけど、日は少しずつ傾き始めている。

僕たちはレジャーシートの砂を落として畳み、沈む砂浜で靴の中に砂が入らないように注意しながらアスファルトの道路へと戻った。

「紫帆、最後にもう一ヶ所だけ行ってもいい？」

「え？　うん、いいけど……どこ行くの？」

「ちょっとね」

彼女を誘導するように帰りのバスに乗り、駅を通り越して反対側まで足を伸ばす。

やがて着いたのは、国道沿いの停留所。浅間《せんげん》神社と書かれた赤い鳥居の斜向《はす》かいに、稲毛公園と看板の出ている大きな公園があった。

「わっ、桜だ！」

「そう、これを一緒に見たくてさ」

花見に行きたかったので、海から近い桜のスポットを探しておいた。公園と名がついているものの遊具は見当たらず、広い芝生が続いている。レジャーシートを敷いて過ごす家族連れで賑わっていた。

海沿いだからか、ひゅおおおお、と風の音が強く聞こえる。その風は桜の木にぶつかって花吹雪を作り、彼女の黒髪を花びらで飾る。

「すごいすごい、優成君、満開だね！　ほら見て、あそこの桜大きい！」

「ホントだ、この辺りの桜のボスって感じだ」

「ふふっ、ボスって面白いなあ。ボスが命令しないと他の桜も自由には散れないしきたりなんです、みたいな」

たまたま近くのカップルが立ち上がって木製のベンチが空いたので、並んで座る。

青空に薄ピンクのコントラストが綺麗で、風に散る花びらが儚《はかな》くて、さっきの海と同じように見飽きることがなかった。

「優成君」

しばらくお花見をした帰り際、紫帆に呼び止められる。

「今日ね、すっごく楽しかった。一緒に来られてよかったよ」

「うん、僕も。僕も同じ気持ちだよ」

紫帆の耳のこと、彼女の未来のことは、なにも分からない。でも、だからこそ、今日みたいに楽しい思い出を積み重ねて、少しでも笑顔でいてほしい。一緒に来れてよかった、というのは僕の嘘偽りない本音だった。

その三日後、もうすぐ春休みも終わるという木曜日の夜。僕と紫帆は何回かメッセージのやりとりをした後、【じゃあ放送で】と送り合って会話を終え、アットマーク放送室で落ち合った。

アットさんの軽快なフリートークが終わり、ＣＭが開けると、お便りのコーナーに移った。

『さて、四月一発目の放送ということで、珍しく先週からテーマを決めてお便り募集してましたね。ある意味新しい一年の始まりなので、〝私が目標にしてる人〟というテーマでしたけど……まずはラジオネーム、エース君から』

自分の名前が呼ばれた。ビクッと肩が震え、興奮で体を揺らす。

『【アットさん、こんばんは。僕が目標にしている人は、クラスメイトの女子です。彼女は体調を崩していて、普通の生活を送る中でも大変なときが多いようです。でも、そんなにつらい状況にいるのに、いつも笑顔を見せて、周りの人を笑わせてくれます。もちろん、僕のことも。自分が彼女だったら絶対に気持ちが沈んでいるはずなのに、きちんと立ち上がって、前を向いている。そんな彼女のことを、心の底から尊敬しています】

エース君、ありがとう。そんな風に思える人と一緒のクラスになれてるのはホントに運が良いことなんだよ。僕が中学のときに……』

ラジオアプリの中でトークが続く中、一通メッセージが届いた。

【えへへ、ありがと！　なんか照れるね。ちょっと褒めすぎじゃない？】

【いやいや、そんなことないって】

これも、僕の嘘偽りない本音。でも、正直に言えば、心の中は不安でいっぱいになっていた。


唸りながら、ベッドに横になる。寝る支度は終わっているけど眠りにつけず、かといって夜更かしするような気分でもない。

大きく溜め息をつきながらスマホを手に持ち、ラジオの切り抜き動画を再生する。

「聞こえなくなる……」

独り言を漏らして、イヤホンを外してスピーカーモードにする。両耳に人差し指を突っ込んで塞いでみても、アットさんの声がくぐもるだけだった。

ネタ用ノート④

今日のことはラジオには投稿できなそうだから、このノートを日記みたいに使って書いてみようっと。

優成君と海に行った。これまでライブにも映画にも一緒に行っていたけど、私のワガママを聞いてもらって海に行けてよかった。

波の音がすごく懐かしい。本当に、誇張とかじゃなく、ずっと聞いていられると思った。それだけ、自分の心の奥深くに残ってるんだと思う。

でも、途中で右が聞こえなくなった。あれは何度経験しても怖い。突然耳の調子が悪くなって、波音が遠くなる。隣に座る彼の声も聞こえにくくなる。

治らないのは分かってる。そこに過度な期待はしない。でも、それでもせめて、他の人に迷惑はかけないようにしたい。優成君に何度も聞き返されて、面倒そうな表情をされたら、きっと泣いちゃうんじゃないか。そんな気がする。

あーーー、でも波の音すっごくよかった！　また行きたい！
日記の最後くらいは明るい感想で締めるんだーー！

第五章　残り僅か

たくさん遊んだ春休みも終わり、八日に始業式を終えて、三年生になった。

持ち上がりの担任の先生からはホームルームで「高校生最後の年よ」「いよいよ受験生だからね」「制服を着られるのもあと一年だし」なんて言葉を並べ立てられ、気持ちが急かされる。終業式から二週間ちょっとしか経っていないのに、いきなりそんなにしっかりとは切り替えられなくて、僕は不安をごまかすように机の上のペンケースをぱちんと指で弾いた。

午前中で終わり、帰りの挨拶をした後に、先生は廊下に出ようとした紫帆のもとへ駆け寄って「蓮杖さん」と小声で話す。僕は彼女に話しかけようとして近くにいたので、微かに内容が聞き取れた。

「大丈夫？　授業とかで気になることあったら言ってね。前の席の方がよければ調整できるから」

「ありがとうございます！　困ったらすぐ相談しますね」

そう言って浅くお辞儀する彼女は、どうやら先生に相談しておくほど、具合が芳《かんば》しくないらしい。

「紫帆、今日は少し話せる？」

廊下に出た彼女に声をかける。色白の耳。見た目は本当に普通なのに、と思うと気持ちが沈んでしまう。

「うん、病院あるからカフェは難しいけど、駅までなら！」

そう言って彼女はバッグを持ち、並んで靴箱へ向かった。

「少しだけ聞こえちゃったんだけど、耳の調子、あんまりよくないの？」

「あー、ううん、一応薬もらってさ、日中は症状が出ないようにしてるんだ。弱い薬にしてるから放課後くらいからはもとに戻っちゃうんだけどね。でも、先生には伝えておいた方がいいかなって」

なるほど、授業はちゃんと受けられるように処方してもらったのか。確かに、授業中に聞こえづらくなったら、クラスメイトからも変な目で見られてしまうだろう。病気であることがバレてしまうかもしれない。

「優成君、クラスでもあんまり隠さずに話しかけてくれるようになったね。さっきもドアのところで誘ってくれたでしょ？」

靴を履いて正門を出ながら、彼女は僕の顔をニマニマと覗き込む。

「まあ、よく話してるって駿にも気付かれてたしさ。別に過剰に絡んでなきゃいいかなって」

「確かにそうかも。まあ私たちがなに繋がりで仲良くなったかは絶対分からないだろうけどね！　他にリスナーとかいるのかなあ、いるならいっそ正々堂々と自慢したいなあ。優成君、クラス全員入ってるグループに暴露メッセージ送ってみてよ」

「暴露メッセージって、紫帆どんなの想像してるの」

「そうだなあ……ネットによくあるイマイチなまとめ記事風がいいな！　『蓮杖紫帆さんってどんな人？　出身校は？　趣味はあるの？　仲の良い人は？　調べてみました！』みたいな」

「ふふっ、なんだよそれ」

　可笑しそうに笑っている彼女に、僕はひとつ質問してみた。

「そういえば紫帆、その、補聴器とかつけないのか？　聞こえづらいのをカバーできるって、ネットで読んでさ」

　彼女はきょとんとした後、フッと柔らかい笑みを漏らした。

「調べてくれたんだ……えへ、ありがと！　補聴器、一度試してみたけど効果なかったんだ。私の病気には合わないみたい。単純に耳が遠くなったっていうより神経に関わるものだから、聞こえないときには距離とか声のボリューム関係なしに聞こえづらくなるんだもん、参っちゃうよね」

「そっか、残念だな」

「うん、残念だなあ」

　ただ学年が上がっただけじゃない。彼女の病気も生活も、変わっていく。

　そして僕の心にもまた、ある変化が訪れようとしていた。それも、悪い方向に。

「なあ、聞いた？　サッカー部の三組の飯田《いいだ》、明章《めいしょう》大学からスポーツ推薦の話が来たんだって」

「うちのエースなんだって、すごいよね」

「でもサッカーで言ったら泉《いずみ》高の細川《ほそかわ》だろ。プロから声かかったって」

「えっ、J1？　J2？」

「野球部の風野《かぜの》も確か大学から推薦の声かかってるって言ってたな。うちの学校は甲子園は無理だろうけどかなりいいピッチャーなんだって」

　昼休み、クラスが騒がしくなる。三年生、部活も最後の年だ。運動部はもちろん、関東大会に行けそうな文化部の話題も耳にするようになった。

　それを聞いていると、胸のモヤモヤが止まらなくなってくる。部屋に煙でも充満しているかのように、呼吸が浅くなってしまう。その理由は嫉妬なのだと、よく分かっていた。

　僕も本当は話題に上る側の人間だったかもしれない。この学校ではなく、もともと目指していたスポーツ推薦の高校で活躍して、高校総体でも結果を出したら、大学やプロから声がかかったかもしれない。聞かないようにしようとしてもどうしても入ってきてしまうニュースのひとつひとつが、嫉《そね》みの炎を増幅させていく。

「聞いた、浅桜？　大学から声かかってるんだって、すごくない？」

「うん……すごいと思う。受験しないで済むのもいいなあ」

「そこかよ！」

話を振られたので、しょうもない道化役のボケをして場を和ませる。顔で笑って、心で泣いて。道化、まさにピエロだった。

今の自分は、ただの目立たない帰宅部で、こうして他のすごい同級生を羨むだけの存在だ。もちろん、あのままサッカーの道を進んでいたからといって、うまくいったとは限らない。挫折してしまったかもしれない。でも、成功する機会を逸してしまったことが、その挑戦すら叶わないまま道を閉ざされてしまったことが、今になって果てのない苦しみに変わっていく。もう取り返しがつかない、決してやり直すことはできない。

そのまま記憶は過去へ遡り、また『あの怪我さえなければ』『自分があそこで渡らなければ』と今さらどうにもならない仮定の話を延々と繰り返していく。『私が鳥だったら、あなたのもとに飛んでいくのに』という儚い英文の和訳をつい思い出してしまう。胸の奥の砂に埋めたはずの反省と後悔が掘り起こされ、血だまりのような感情が噴き出す。

「優成、体調大丈夫か？　ひどい汗かいてる」

黙って俯いていた僕に駿が声をかけてくれた。慌てて頬を触り、そんなに暑いわけでもないのに顔から汗が滴《したた》っていることに気付く。

「ああ……まあ、な……」

なんでもないよ、とは言えなくて、一言返して頷くのが精一杯だった。


「ねえ、優成君。大丈夫？」

放課後、駿と同じように訊いてきたのは、帰り道で一緒だった紫帆だった。

「僕、調子悪そうに見える？」

「うん、すごく。だからちょっと心配してた」

「そっか、ごめんね」

紫帆の方がよっぽど体が不調なのに、余計な気を遣わせてしまって申し訳ない。余計に気落ちしながら、彼女にどう話そうかと逡巡する。そこから数十秒して、僕は口を開いた。

「大丈夫だよ。ちょっと最近寝不足で疲れてただけ」

「……ホントに？」

「うん、平気」

本当のことを話そうと思ったけど、途中で止めた。心配をかけたくなかったから。

いや、違う。本当はそんな、紫帆のことを思いやった理由じゃない。しんどくなっている原因を話しても、きっと理解してもらえないだろうと思ったから。だから、正直な本音に、方便という名のクロスをかけ、取り繕ってごまかした。


「泉高の細川、チーム名教えてくれないけどJ2らしいよ！　クラブから、まずは練習に参加しないかって声かけられたらしい」

「マジで！　それほぼスカウトじゃん！」

「うちのサッカー部に聞けばクラブ分かるかなあ」

次の日の放課後も、昨日に引き続き、運動部の話題で持ち切りだった。近くで話していたせいで話の輪に入ってしまい、作り笑顔で相槌を打つ。でも、その場しのぎにも限界が来る。

「そういえば、弓丘《ゆみおか》高の穂積《ほづみ》って知ってる？　元西《にし》中なんだけど。アイツもバスケ部でさあ……」

誰かが発したその単語に、僕の心臓はギュッと縮こまった。

弓丘高校は、僕が行く予定だった高校だ。本当は、僕がその高校の名前で、今頃話題に出てるはずだったんだ。

苦しい。息がうまく吸えなくなる。僕はそれ以上この場にいられず、ゆっくりと立ち上がった。

「おい、大丈夫か浅桜。顔真っ青だぞ」

「うん……ちょっと外の空気吸ってくるよ。治らなかったら家帰るかな」

そう言ってゆっくりとドアへ向かい、廊下へ出ていく。少しフラついてしまうのは気分が悪いからだろうか。それとも、もとには戻らない脚の傷が痛むからだろうか。

「ねえ、優成君」

階段を下りていると、後ろから紫帆が追いかけてくる。踊り場で肩を叩かれて仕方なく振り向いたけど、正直今の状態で彼女と話したくなかった。

「……なに？」

「え、あ、特に用があるわけじゃないんだけど……大丈夫かなって」

ぶっきらぼうに答えた僕に少し驚くように、彼女はうっすらと笑ってみせた。

「私でよかったら……あ、や、ちょっと待って。ご、ごめん、耳が調子悪くなっちゃって。薬切れちゃったかな……」

動揺しながら両耳を押さえたり離したりする紫帆。薬も放課後には切れると言っていたし、聞こえない症状が出てしまっているのだろう。

「紫帆こそ、大丈夫？　僕の心配してる場合じゃないでしょ」

「……ごめん、『大丈夫』までは聞こえたんだけど、その後は……なんて言ったの……心配がなんとか……？」

皮肉で言ったことを聞き返されてしまい、途方もなく惨《みじ》めな気持ちになる。もともと運動部の話題で神経を擦り減らし、体調も悪かったところに、彼女の言葉がお節介に聞こえてしまい、ついに心から苛立ちが溢れ出た。

「いいよ、気にしなくて！　どうせこっちの気持ちは分からないんだし！」

周囲に誰もいないのをいいことに、叫ぶ。ただただ自分の気持ちをぶつける。

「放っておいてくれ！　これは僕だけの問題なんだから、紫帆には関係ないだろ！」

途端、彼女は静かに俯いた。今の言葉は聞こえたのだろうか。唇の動きで分かったのだろうか。それとも、僕の表情で察したのだろうか。

そして数秒の沈黙の後、彼女はまっすぐ僕の方を向く。その顔は、笑っていた。目尻が下がって、口元はキュッと上がって、でも顔全体の印象は泣き顔に近い、堪らなく悲しそうな笑顔。

こんな顔をさせたいわけじゃないのに、と後悔したときには全てが遅かった。

「ごめんね、イヤな思いさせちゃって！　またね！」

彼女は絞り出すような明るい声でそう言い残し、踵《きびす》を返して階段を上っていく。

しばらくして教室に戻っても、彼女の姿はなかった。

翌日の昼休み、廊下で駿に話しかけられ、最近のオススメ無料漫画を紹介されて、雑談に耽《ふけ》る。今日は紫帆と話していなかったので、教室にいても気まずいだけで所在なかった自分にとっては渡りに舟だった。

「他にないの、オススメの漫画。教えてよ！」

「……優成さ、蓮杖さんとなにかあった？」

突然の質問にドキリとする。そして、これを訊くタイミングを窺っていたのだろうと思うと、駿に対しても苛立ちが湧いてしまう。

黙ったまま階段を下りようとする僕を、駿は追いかけてくる。昨日の放課後のデジャブのよう。

「なあ、優成ってば。今日蓮杖さんと全然話してないじゃん」

「別に、なにもないよ」

「ホントに？　運動部の話題が出てたことと関係あったりしない？」

「さあね」

こんな返事の仕方、なにかあると言っているようなものだ。そう分かっていても、キャラや笑顔を作って返すことができない。それはきっと、心の中の自分が叫んでいるのだ。苦しい、助けてほしい、誰か気付いてほしいと。その子どもっぽさを自覚して、余計に自分自身がイヤになってしまう。

「昨日の放課後も話題出ててしんどそうだったじゃん」

「……分かってるなら、ちょっかいかけてくるなよ！」

ほら、こうしてまた相手に当たってしまう。自分のことをまたひとつ嫌いになる。

「駿もさあ、サッカーやれるんだから続ければよかったのに！　僕はやりたくてもできなかったんだぞ！」

一番言いたいことをぶつけて、僕は荒く呼吸した。はあはあ、という息のかかりそうな距離で、駿がゆっくり首を振る。その表情は紫帆のような悲しみを孕んだ笑みではなく、明確な怒りだった。

「僕は別に、本当にやりたくなかったからさ。だから、優成からそんな風に怒鳴られる理由はないよ」

「……ん……」

「優成、つらい気持ちは分かるよ。教室のあの話題、しんどかったろうなと思う。でもだからって、誰かにそれをぶつけていいことにはならないし、傷つけるためだけの言葉なんてダメだよ！」

その言葉を聞いてハッとした。アットさんも、同じようなことを以前ラジオで言っていたのを思い出した。

『言葉って難しいですよね。ある人には嬉しかったり楽しかったりするけど、ある人からしたら傷つくって言葉もあるんです。それは注意して使っていくしかない。でもたまに、誰が聞いても傷つくような言葉もある。それは極力使っちゃダメ。言ってる方も幸せにならないからね』

そして改めて自分の行いを振り返る。運動部の話題が原因でイライラしていたのを、紫帆や駿にぶつけていた。ふたりとも僕のことを心配して声をかけてくれたのに、自分勝手な苛立ちで彼らにひどい言葉を吐いてしまったことを反省する。

今思えば、僕が事故に遭ったときも同じだったのだろう。部活の仲間や監督が心配したり、少しでも元気づけようと励ましたりしてくれたけど、自分へのイライラを抱えたまま反発していた。あの頃の自分の態度を思い出すと、後悔が募るし、申し訳なさでいっぱいになる。そして、あの頃からちっとも成長していない自分がイヤになる。

僕は駿の目をまっすぐ見て、頭を下げた。

「駿、ごめん……駿が悪いわけじゃないのに、つい怒鳴っちゃった。ごめんな」

彼はさっきとは違う優しい顔つきで、もう一度首を振る。

「いいってことよ。それより、他に謝らなきゃいけない人がいるんじゃない？」

「……なんでもお見通しだな」

彼女にも、お詫《わ》びと、それから自分の心の中の本音を、きちんと伝えよう。

「あ、あのさ、紫帆。よかったら、一緒に帰ってくれないかな？」

「……うん」

その日の放課後、今日一日全く話さなかった彼女に緊張しながら声をかけ、ふたりで並んで帰路につく。駅までまっすぐ伸びる大通りは、お互い黙って歩くには長すぎて、春らしい温《ぬる》い風が揺らす木の枝の音と、車の排気音のＢＧＭがやけにうるさく感じられた。

いたたまれなくなって、そして彼女の声が聞きたくて、左右の手をギュッと握って彼女の方を向く。

「紫帆。昨日、ごめんね」

勇気を出して謝ると、横に並んでいた彼女はゆっくりこちらを見た。今日はちゃんと聞こえてるらしい。言葉に詰まる。このまま黙って、彼女の反応を待ってしまいたい。でも、それは逃げでしかない。紫帆を傷つける言葉を吐いてしまった僕がしなければならないことは、彼女に誠実に思いを伝えることだった。

「クラスで運動部の話題が出てたでしょ？　あそこで、スポーツ推薦とか、プロにスカウトとかってのを聞くたびに、自分と比較しちゃってさ。本当は僕がそうなってたかもしれない、サッカー部でスカウトされて話題に挙がってたのかもしれないって思うと、なんで怪我しちゃったんだろうとか、そもそもあんな馬鹿な道路の渡り方しなきゃよかったんだ、とかどんどん後悔が強くなってきて……自分に腹が立ってたんだ。それで紫帆にも当たっちゃった。ひどいことしたと思う。だから……本当にごめんなさい」

その場で立ち止まり、深く頭を下げる。傍から見たら随分かっこ悪く見えるかもしれないけど、そんなこと気にしていられない。ただただ、彼女に八つ当たりして悲しませてしまったことを謝りたかった。

「……嬉しい！」

頭上から聞こえてきたのは、予想外の返事だった。バッと頭を上げると、なぜか彼女は満足気に両手をパンと合わせている。

「昨日のことはもう怒ってないよ！　なんとなく、そういうことなんじゃないかなって思ってたから。それより今、なんでイライラしてたのか、全部本音で話してくれたんでしょ？」

「あ、ああ」

「それが嬉しくて。ああ、私、優成君に心の中を打ち明けてもいい人って思われてるって。クラス内の、しかもこんなにすぐ近くにさ、そういう人がいるってすごく幸運なことじゃない？」

そう言って、彼女はとびっきりの笑顔を見せる。

言われてみると確かにそうだ。今回の件では駿にも謝ったけど、彼にも事故のことを思い出したなんて話はしていない。今、僕が一番自分の気持ちを素直に話せるのは、他の誰でもなく紫帆だった。

「じゃあ、私も本音で話してみよっかな！」

「え、紫帆も？」

「ふふっ、いつもなるべくラジオとかで気持ちを外に出してるんだけど、今から言うのはそこでも隠してることだよ」

どんな話が来るのか、気にしながら彼女をまっすぐ見ていると、彼女は僕から視線を逸らし、街路樹を見ながらポツリと呟いた。

「怖いの」

それは、直前までのテンションからは想像もできないほど静かで、そして重い一言だった。

「怖いの、聞こえなくなるのが怖い。なにも音がなくなるのが怖い。ただただ静かなまま、誰の声も誰の音楽も聞けないまま、この世界から音が消えるのを待って過ごしてるのが怖いの」

街路樹の葉が風で揺れ、はらりと落ちる。道徳の教科書で読んだ『最後の一葉』の作者は誰だっただろう。踏まれる運命に抗うように風に乗り、その葉は植え込みの上にゆっくりと落ちた。

それは、〝ガチョウの湖〟として、時折自分の病をネタにして投稿している彼女とは全く別の姿。まだクラスメイトにも病気のことを打ち明けてない彼女から初めて聞く、本当の気持ち。

「どうしよ、優成君。たまにさ、なにしてててもつらくなっちゃうんだー！　どうしたらいいのかなー！」

彼女はすぐにトーンを戻す。いつもの明るい蓮杖紫帆に戻る。その強がりが、胸をチクリと突く。

いい答えなんて浮かばない。前を向けとかポジティブになれとか、そんなこと絶対に言えない。中学のときの僕が、一番言われたくなかったことだから。

だから、あのときの僕を思い浮かべながら、素直な気持ちを返す。

「……またさ、いつでも言ってきて。帰り道でも、休み時間の廊下でも、夜にメッセージでもいいから。しんどくなったこと、全部教えてよ」

「え……」

「僕が昨日言ったこと、そのままだよ。僕の気持ちなんか分からないって紫帆に言ったけど、僕にも紫帆の本当のつらさは分からない。でも、話だけなら聞いてあげられるから。だから、いつでも僕にぶつけて」

そう言うと、彼女はしばらく口を開けて固まった後、黒髪で顔を覆い隠すようにスッと下を向く。

「優成君、ずるいなあ！　今のはずるい！」

パンッと僕の肩を叩いて、彼女は「帰ろ！」と先を歩いてしまう。僕はなんとなく隣に並んじゃいけない気がして、横断歩道で赤信号に捕まったときも彼女の後ろで待っていた。

不意に、彼女の黒髪が揺れる。

「……ホントに、いつでも言っていい？」

どれだけの勇気で彼女が僕に寄りかかってくれたのか、ちゃんと分かる。だから、僕も少しも濁さずに答える。

「もちろん」

「そっか。うん、ありがと！」

一瞬だけ振り返った彼女の目は、心なしか潤んでいた気がする。僕はそれに気付かなかったフリをして彼女の少し後ろを歩き、通りすがりのパン屋さんの新商品の看板を見ながら好きなパンについて会話を交わした。

紫帆と仲直りできてよかった。紫帆の本音が聞けてよかった。また一緒に帰れて、本当によかった。

彼女がまたしんどくなったときは絶対に支えよう。

そして、もうひとつ。なにか、彼女を元気づけられることを考えよう。

＊＊＊

「はい、じゃあ次に美化委員会。なりたい人いますか」

先生が黒板に書かれた委員会の名前を小さくコツコツと白チョークで叩く。

四月もまもなく下旬という十八日、ロングホームルームで委員会を決めることになった。図書委員、福祉委員など、クラスごとに数名ずつ選出し、学年横断で委員会として活動する。月に一回の会議に加え、美化委員会なら掃除、図書委員会なら図書室の整理など、委員会に紐づく活動も不定期でやらなければやらない。

中学なら内申点狙いでやっている人もいたけど高校だとそんな気にもならず、学校側もそれを分かっていて、〝三年間のうちで最低一年やればいい〟というルールになっていた。

「次は放送委員会、各クラス一名ね。どうかな、手挙げてくれる人いる？」

僕は一、二年でやっていないのでなにかに入らなくてはいけないけど、頭は全く別の、この前から考えていることに意識がいっている。

なにか、紫帆を元気づけられるようなことはないだろうか。学校で先生にも相談するくらい、聞こえないことへの不安を抱えている彼女の力になりたい。

頭の中では、この前彼女が『怖い』と吐露してくれたことがずっと残っている。もし、彼女が楽しんでくれるような、その〝なにか〟を見つけられたら、ほんの少しだけでも、日々学校で過ごせてよかったと思ってもらえるかもしれない。

そして、もし僕がそれに全力投球することができたら、運動部の話題が出るたびにイライラしていた心も、少し和らげることができるかもしれない。

「んん……」

小さく唸り声をあげながら悩むものの、なかなか名案は出てこない。紫帆に直接どんなことをしたら嬉しいか聞いてもいいけど、これは自分の力で乗り越えたかった。

乗り越えるといえば、彼女に以前、しんどいことをどうやって乗り越えているのか聞いたことがあったな。その気持ちを外に発信すると言っていた。

発信、みんなに発信する……。

「……あ」

「希望者いないかな？　じゃあ今まで委員やったことない人、手挙げてくれる？　その中からくじ引きとかで決めようかな」

僕があるアイディアを思いつくのと、先生が立候補を締め切ろうとするのがほぼ同じタイミングだった。

「あの、僕、やります！」

「あら、浅桜君、放送委員会やってくれる？　ありがと、助かる！　さっきも言った通り、任命された人は明日早速、第一回目の会議があるからね」

まばらな拍手に迎えられ、僕の名前が黒板に書かれる。紫帆はちらっと僕の方を見て、『頑張って』と伝えるように胸の前で親指を立てていた。

＊＊＊

週が明けた二十四日の水曜日。僕は四時間目の授業が終わるとお昼を持って急いで廊下に出た。

「あれ、優成君、どこ行くの？」

ちょうど廊下にいた紫帆が、ランチボックスの手提げを持っている僕を不思議そうに見て首を傾げる。

「ああ、〝放送委員会の時間〟に行くんだよ」

「えっ、優成君が担当になったの？」

「うん、学期ごとに交替だから僕は七月まで担当だね」

放送委員は、式典におけるマイクの準備や、体育祭や文化祭での校内アナウンスなど、イベントごとに活動することが多いが、もうひとつ定期的な活動がある。それが毎週水曜日の昼休みの〝放送委員会の時間〟だ。約二十分間、校内に向けて放送室から流すことになっていた。

放送内容は担当者に完全にお任せ。とはいえ、これまでは生徒会からの連絡をアナウンスしたり、好成績をあげた部活を表彰したりするだけで、まともに聞いている生徒はほとんどいない。放送委員の中でも特に人気のない仕事だった。

「紫帆、放送楽しみにしてて」

「え？　うん、分かった」

きょとんとしたままの彼女に手を振って、廊下を足早に駆け、渡り廊下を渡って反対の南校舎へ移る。体が熱くなっているのはGWを前に初夏の日差しになってきた気温のせいだけじゃなく、若干の緊張と大きな興奮に満ちているからだろう。

職員室で放送室の鍵を借り、重い銀のドアをギイッと開けてひとりで入る。中には顔を映して話せるようになっている小さなスタジオがあり、カメラも用意されている。そしてその外には、ボタンとツマミがたくさんついた放送機材が置いてあった。

「失礼しまーす」

スタジオやカメラは使わないので、ラミネート加工された操作マニュアルを見ながら、放送機材の準備を始める。椅子に座り、主電源を入れ、放送対象のスピーカーを選択するボタンを押して、全部のクラス教室と職員室に流れるように設定した。

「よし……」

手元にスマホと、昨日宿題を早々に終わらせて深夜までかかって用意した手書きの原稿を置く。二回大きく深呼吸した後、全体音声とマイク、それぞれのボリュームを操作するツマミをグッと上にスライドさせた。

まずはジャックに繋いだスマホから著作権フリーのＢＧＭをリピート再生する。そしてしばらくしたら音量を下げ、マイクからの声がしっかり聞こえるようにする。

マイクに顔を近づける。思いっきり息を吸う。

「皆さんこんにちは、放送委員、三年の浅桜優成です！　今日から七月まで、〝放送委員会の時間〟を使って、この校内ラジオ、『Ｙｏｕ　Ｓａｙ　Ｈｅｌｌｏ！』をお届けしたいと思います！」

紫帆がどうやったら少しでも学校で楽しんでくれるか。そう考えていて思いついたのがこの放送だった。ラジオが好きな彼女に、僕の声を届ける。僕自身もアットマーク放送室を聴いているうちにパーソナリティーに興味が出てきたので、挑戦してみた。

「最近暑くなってきましたよね。僕ね、中学のときにサッカー部だったんですけど、この時期になるとだんだん練習がキツくなってくるんですよ。汗で服がベタベタになっていくし。だから四月から夏の間は、空のペットボトルに水道で水汲んで、頭からかけるのが気持ちいいんですよ。たまにペットボトル用意し忘れて、学校の自販機で買ったりしてね。めちゃくちゃ冷たいけど高い水、僕たちは〝金持ちの水浴び〟って呼んでました」

アットマーク放送室の構成作家である与一さんみたいに、その場にいて笑ってくれる人がいないと不安になる。面白いのかどうかも分からない。それでも、途中でヒットチャート代わりの著作権フリーの音楽を挟みつつ、原稿だけを頼りに進めていく。

まずは彼女に楽しんでほしい。そしてもうひとつ、この放送には目的があった。

「……とまあ、そんな風に続けていたサッカー部ですけど、ちょっと怪我が原因で高校では続けられなくなっちゃったんですよ。しかも自分の不注意の怪我で。なかなか受け入れられないですよね、そういうの」

自分を発信すること。ここで思いを吐き出せれば、少しだけモヤモヤを消化できるかもしれない。そう考えてのことだった。

ずっと隠してきたこのことを話すかどうか、放送ギリギリまで迷っていた。でも、最後の最後で話す気になれたのは、他でもない紫帆のおかげだ。

もちろん、彼女がアットマーク放送室に病気のことやバレエを辞めたことを投稿して乗り越えた、という話を聞いたのがきっかけではあるけど、それだけじゃない。いつも笑顔を振りまきながら、過去に向き合って乗り越えてきた彼女に、僕はずっと憧れていたし、正直に言えばきっと羨ましかったんだと思う。

僕も彼女と並びたい、並んで話せるようになりたい。そのためには、僕も過去の自分を乗り越えないといけない。

だからこれは、僕が自信を持って彼女の隣にいられるようになるためのチャレンジ。それだけで、高校二年間ひた隠しにしていたことが嘘のように変わるんだから、やっぱり自分にとって彼女の存在は本当に大きいんだ。

「なにかを諦めるってしんどいです。今でも、行く予定だった高校のサッカー部のメンバーが活躍してる話とか聞くと正直つらいですけど、もう戻れるわけじゃないから、自分なりに新しいこととかにチャレンジして、少しでも前に進んでいくしかないですよね。同じような方がいたら、一緒にちょっとずつ進んでいきましょう！　さて、新しいことといえば、先月僕の友達が……」

昨日夜までルーズリーフにシャーペンで書いた原稿。その黒炭色の想いを音に乗せ、二十分間話し続けた。

教室に戻る足取りは重い。まだ昼休みは五分残っている。ラジオは毎週聴いてるけど自分でこんな風に話したことはなかったし、クラスでもそんなキャラじゃないから、友人たちの反応が怖くて、なるべく気付かれないように後ろのドアから入る。

「あっ、浅桜おかえり！　なにあの放送、めっちゃ面白かった！」

「浅桜君、あんな特技あったの！　本物のラジオみたいだった！」

途端に数人に取り囲まれる。驚きもあったけど、ちゃんと楽しんでもらえたことが嬉しい。

そして、もっと嬉しいことも。

「浅桜サッカーやってたの知らなかった。僕も腕の怪我で中学の途中で野球辞めたんだよね。だからすっげー気持ち分かる！」

「マジで？　うわー、中本《なかもと》もそうだったんだ、知らなかった！　センバツとか甲子園の話聞くとキツくない？」

「分かる、めっちゃつらい！」

誰かに投げると、誰かが共感してくれる。紫帆の言葉を思い出す。

『心がつらいときって、自分が世界一不幸だって感じちゃったりするんだけど、自分だけじゃないんだって思える』

同じようにつらいと感じていた仲間を見つけられただけで、やった甲斐《かい》があった。

「優成君」

一通り会話が終わり、みんながもとのグループに戻ったタイミングで、紫帆がやってきた。
「もう、あんな楽しいのやるなら教えてくれればいいのに！　急に番組始まったから
びっくりしたよ！」
「うん、びっくりさせようと思ったから大成功だな」
耳の調子は悪くならなかったようだ。聞こえていてよかった。
そして彼女は、顔の前で小さく挙手する。
「お便りは募集しないんですか？　公式ＳＮＳとか作ってメッセージ受け付けたりす
るなら、私送っちゃおうかな！」
　この質問が来ることはある程度予想がついていた。だからこそ、ピッタリの答えを
用意してある。
「放送委員がひとりいれば、ゲストの参加もオッケーなんだよね。だから、メインは
僕がやるから……どうかな？」
　その質問の意味を察したらしい彼女は「ええー！」と驚きつつもどこか嬉しげに
迷った後、「緊張するけど……せっかくだし！」と頷いてくれた。

　翌週の五月一日、水曜日。放送室でマイクのボリュームを上げる。手元には前回よ
りざっくり書いた原稿と音楽を流すためのスマホ。ほとんど先週と一緒だけど、大き

く違うところがひとつ。

「皆さんこんにちは、今週も『You Say Hello!』の時間がやってまいりました。パーソナリティーは私、放送委員の浅桜優成です！　GWの狭間、ゆっくり過ごしていきましょう。そして今日から仲間がひとり増えました。サブのパーソナリティーを担当する、蓮杖さんです！」

「よろしくお願いします、優成君と同じクラスの蓮杖紫帆です。緊張してますけど、頑張ります！」

「来てくれてホントにありがと。相槌打ったり要所要所で笑ってくれたりする人がいないと、話してて不安になるんで」

ダメもとで誘ってみたものの、彼女がオッケーしてくれたので、一緒に放送することになった。相槌や合いの手が中心の予定だけど、どんな方向に話が転ぶか分からないので原稿には大まかな進行だけを書いている。

「ね、これから毎週のトークのネタをどうやって考えるか、不安でしょ？　ぼんやり学校で過ごしてると話すことなくなっちゃうからさ。だから蓮杖さんからSNSでお便りを募集する案をもらったわけですよ」

「せっかくならトークテーマとかも考えて、私たちからお題出したいよね。『こんなお弁当はイヤだ』みたいな」

「え、そんな大喜利みたいなお題考えてたの！　しかもお昼食べながら『こんな弁当はイヤだ』ってネタ聞くのがなんかもうイヤだ」

　これまで教室ではあんまり話さないようにしてたけど、ここなら遠慮なく話せる。このために用意してきたトークじゃなくて、いつもふたりでカフェや帰り道にしている雑談の延長線上。だからこそ構えずにリラックスして放送できる。

　そして教室に戻ると、先週以上にクラスメイトから大きな反響があった。

「浅桜、蓮杖さんとの掛け合いめちゃくちゃよかった！」

「うるさすぎなくてずっと聞けるよあれ！」

「ふたりともトークうまいし息ピッタリ！　名コンビって感じ！」

　セットで褒められ、彼女と目が合って吹き出す。このコンビは今日結成したものじゃないってことは、みんなには秘密だ。


　こうしてふたりの放送が始まった。紫帆はごくたまに聞こえづらそうにしているときがあるけど、そんなときは僕が同じことをもう一度繰り返したり話題を変えたりしてカバーしていく。すると彼女は放送中でも両手を合わせて「ありがと」と口パクで伝えてくれて、僕はいつも首を振って返事していた。

　トークで触れた通り、匿名メッセージを受け付けるツールでお便りを募集すると、何通か来るようになった。病気には触れないようにして、お互いの日々の悩みを音に乗せていくと、『すごく分かります』という共感の感想がぽつぽつと寄せられる。ふとしたきっかけで僕の名前と顔を覚えたのか、廊下でも他のクラスの子から「昨日の放送面白かったよ！」と声をかけられるようになり、少しずつ人気番組になっていっていることが実感できた。

「浅桜君、今回は前回より五通も多くのお便りが来てるよ。もう放送時間では読み切れないっていうね」

「このままいったら、いつか〝全校生徒の一割からお便りが来てる〟とか宣伝できそうだね」

「それなら聴取率アピールの方がいいよ！　教室にいれば強制的に聞かされるんだから、『全校生徒の九割が聴いてる』って言えるもん」

「すっごく誇大広告な気がする！　さて、今日も早速お便りいってみましょう」

どれだけ人気が上がっていったとしても、この放送は夏休み前の七月で終わる。まるで一クールのアニメみたいに、駆け足でエンディングを迎えることになる。有限だからこそ、一回一回を大事に放送していった。

＊＊＊

六月のある日、放課後一緒に帰ろうとすると、紫帆は「寄り道してもいい？」と職員室に向かった。

「ちょっとだけ待ってて」

そう言って彼女は中に入り、英語の羽鳥《はとり》先生にノートを見せながらなにか話している。その後、何度もお辞儀をして戻ってきた。

「おまたせ。今日さ、英語のときにずっと聞こえづらくなっちゃっててね」

「え……？　あ、ああ、うん」

彼女の言葉に、動揺を悟られないように頷く。彼女は薬を飲んでいると言っていた。だから日中は大丈夫なのだと。それなのに今日は調子が悪くなったらしい。そこまで悪くなっていること、それを淡々と話すことに、言いようのない寂寥感を感じる。

でも同時に、やっぱり紫帆はすごいな、と思ってしまう。

「教科書と文法集見ながらまとめ直そうと思ったんだけど、ちょっと羽鳥先生に確認しておきたい部分があったから寄らせてもらったの。時間くれてありがと！」

ノートに書いたメモを見返し、バッグにしまって昇降口に向かって歩き出した彼女に、ふと訊いてみた。

「紫帆、なんでそんなに頑張れるの？　前に話してた怖いって気持ちとか、もう乗り越えたの？」

僕に視線を移した彼女は、ジョークを笑い飛ばすように「もう！」と右手をひらひらと振った。

「乗り越えられてるわけないよ。今だって聞こえなくなるの、すごく怖いし。よく漫画やドラマでさ、もうすぐ死ぬのにずっと明るく元気なままニコニコしてる人って出てくるでしょ？　ああいうの、フィクションだなって思う。私はあんなの絶対にできないもん。ずっと心のどこかで怯えてる」

「そう、だよな。怖いよな、やっぱり」

平気なはずがない。平気に見せているけど、きっと心の中にいるもうひとりの彼女は、足が震えて立てなくて、隅でうずくまっているに違いない。

「でも……前も似たようなこと言ったと思うけど。アットさんのラジオ聴いてたら同じように大変な人がお便り送ってるでしょ？　私たちのラジオにも、家族が病気で大変だ、みたいな投稿が来るじゃない？　そうするとさ、耳がこんな状態でも、『しんどいのは私だけじゃない』って、みんな戦ってるって分かるんだ。もちろん、優成君もね。優成君もずっと戦ってきたって、私なりにちゃんと分かってるつもりだよ」

「……ありがとう。僕も、紫帆が今どれだけ頑張ってるか、自分なりに理解できてるつもりだよ」

「うん、そう言ってもらえただけで十分だよ。ありがと！」

ひとりじゃない、みんな頑張っている。その〝みんな〟の中に、僕を入れてくれたのが嬉しい。

夢が断たれたときから高校なんか行く気にならなくて、それでもなんとか受験して。夢の中でのフラッシュバックに枕を濡らしては、記憶を振り払うように色んなことを諦めて登校していた。彼女に少しずつ話していたその道程を認めてもらえたことが、堪らなく誇らしい。

そして、烏滸《おこ》がましい言い方かもしれないけど、僕も紫帆のひとつひとつの努力をしっかり認めてあげたい。できるなら、彼女の一番近くで。それはきっと、一月に仲良くなったときの〝常連リスナーさんにもっと近づきたい〟という思いとは似て非なる、考えるだけで照れるような感情だった。

「じゃあまたね、紫帆」

「うん、また夜、いつもの場所でね」

駅の改札を一緒に出て、挨拶して階段で別れる。今日は木曜日。深夜一時にいつもの場所、アットマーク放送室に集まって、一緒に放送を聴かなきゃ。

【今日も面白かった！　私のも優成君のも読まれてたし笑】

【アットさんからも軽く高校生コンビ扱いされてたね笑　あのラーメンのトッピング

四天王を決めようって企画、似たようなの学校の放送でも募集できたらいいなあ】

【素麺《そうめん》とかどう？　飽きずに食べられるちょい足し大募集、みたいな】

【それいいと思う！　もうすぐ夏休みだし！】

こうして僕と紫帆は、彼女に残された時間を慈《いつく》しむようにおしゃべりをして、ラジオを聴いて、ラジオで話す。ギリギリの電池残量でなんとかもっていた電化製品を騙し騙し使うように、彼女の耳を気遣いながら過ごす。

一週、また一週と時間は飛ぶように進んでいき、いつの間にか七月末が、彼女の電池が切れる予定の時期が迫ってきていた。

＊＊＊

「今週の後半とか都合どうかな？　僕の方はいつでも空いてるけど」

机に置いている卓上カレンダーの大きな〝8〟の字を見ながら、スマホの向こうの紫帆に話しかける。

「……え、ごめん優成君。今週の後、なんて言ってたの？」

家の外で鳴いているセミの鳴き声をBGMに、紫帆はもう一度「ごめんね」と謝った。薬が効きにくくなったのか、前に彼女が話してくれた『遠くで音が聴こえるような感じ』という症状が電話でも増えてきたのは、気のせいではないだろう。僕も慣れてきて、声の大きさはそのまま、ゆっくりはっきり言い直す。

「今週の、後半のね、予定を訊いたんだ」

「あ、予定か！　ううん、ごめん、お盆前はちょっと難しそうかな。診察あるのと、お祖母ちゃんの家行ったりもするから」

「分かった、また誘うよ。そういえば、昨日古橋《ふるはし》から連絡来たんだけどさ……」

　そのまま雑談に入り、僕は何度か彼女に聞き返されながら、クラスメイトの花火大会デートについて話した。

　通話を切ってしまうと、両親とも仕事で誰もいないから家の中はものすごく静かだ。午前中に宿題を少し進めたので、午後は外に出ることにした。

「暑っつい……」

　照り付ける太陽の熱がアスファルトに吸収され、上からも下からも熱が襲ってくる。タオルで顔の汗を拭くと、日差しをじりじりと受けた腕にもすぐ汗の粒が生まれた。

　夏休み、紫帆とはほとんど会えずにいる。もうすぐ山の日を迎える今日までに二回ほど、学校の隣駅で落ち合い、口コミサイトで調べたオシャレなカフェでおしゃべりしただけだった。

　彼女が病院に行く頻度はそこまで変わってないけど、耳がうまく聞こえない状態で人混みを歩くのは避けた方がいい、と医者からも言われているらしく、両親からもある程度ストップがかかっているようだ。

それに、最近彼女は祖父母や親戚の家を巡っている。それが蓮杖家の毎年の習わしなのか、彼女がまだ耳が聞こえるうちに会って挨拶する機会を作っているのか、僕には分からない。ただひとつ言えるのは、春休みと違って会えない日が続く長期休暇は、ぽっかりと胸からなにかが抜け落ちたように寂しいということだけだった。

でも、彼女の状況を考えたら仕方ないのかもしれない。

あまりにも通話が聞き取りづらそうなときには、メッセージでチャットのように会話をする。ラジオのアプリもプレミアム会員になり、過去一週間の番組アーカイブを聴き直せるタイムフリー機能で巻き戻しをしながらアットマーク放送室を楽しんでいるらしい。春休みと比べて、明らかに悪化していた。

彼女の言葉を思い出す。

『あと四、五ヶ月。七月か八月かな。そのくらいには完全に聞こえなくなるみたい』

これを聞いたのは三月末。そこからすでに四ヶ月が経っている。もういつリミットが来てもおかしくない。

僕ですら想像するだけで体が震えそうなほど心配になっているのに、彼女の背負っている不安はどれほどのものだろう。そう思うと、親族とちゃんと話して過ごしてほしいという思いやりと、僕にも時間を分けてほしいというエゴが交互に出てきて、心がじくじくと痛む。

「クソッ、暑いんだよ……」

モヤモヤを気温への愚痴に変えて吐き出す。我慢して歩いたご褒美のように、彼女から【お盆の親戚巡りが終わった後に、丸一日だけ自由時間もらった！】というメッセージが送られてきたのは、その日の夕方だった。

＊＊＊

「あれ、紫帆早いね」

事前に何回もやりとりして綿密に計画を練った、紫帆と朝から過ごす一日。春休みのように駅の改札内で待ち合わせをしていたものの、彼女は約束の九時のずっと前に着いたらしく、集合場所の自販機の横に立っていた。僕も十五分前に着いたのに。

「待たせちゃった？」

もう一度声をかけても、彼女は僕の存在に気付いていないようにボーッとしている。僕の言葉が聞こえていないのだろうか。

「おーい、紫帆」

「わっ！　え、あ、ごめん優成君。ちょっと上の空になってた。どしたの？」

ようやくバッと僕の方を向いてくれた紫帆に「待たせちゃった？」ともう一度訊くと、「ううん、大丈夫」と首を振った。

「今来たばっかりだよ。なんか緊張しちゃってさ、早く出たら早く着いちゃった！」

「そりゃあ、早く出たら早く着くよね」

「ちょっとちょっと、買い物とかで寄り道しなかった私を褒めてよお！」

彼女は「優成君、遅刻扱いにするよ！」とからかうように笑い、僕も勢いでごめんねと謝る。こんな風にお互いはしゃぐのは、随分懐かしいことのように思えた。

「優成君、デニムのイメージないから新鮮！」

「そう、普段穿《は》かないしね」

上はモスグリーンのカットソー、帽子は春に出かけたときに買った黒のバケットハット。デニムが少し地厚だけど、夏っぽい服装を選んできた。

一方の紫帆は、白地に緑と紫のタータン・ストライプの半袖シャツ、ベージュにダルメシアン柄っぽいドットの入った薄手のロングスカート。「日差し強そうだし」とストローハットをかぶっている。「似合う？」と聞かれたので正直に「似合うよ」と返すと、「やったあ！」とその場でスカートをひらひらと揺らしてみせた。

「よし、まずは観に行きますか！」

「行こう行こう！　わあ、すっごく楽しみ！」

　ＪＲで新宿まで行き、京王《けいおう》新線に乗り換えて一駅。初台《はつだい》駅で降りてから、階段で地下改札まで進んでいく。そこから先は紺色の『新国立劇場』という看板に従って歩き、エスカレーターで地上に上った。目的地の白い建物が朝の光に照らされ、僕たちを歓迎するように眩しく映る。

「チケット拝見します。はい、お進みください。次の方どうぞ」

　入口で紙のチケットを渡し、重いドアを開けて会場に入る。広い会場と座席を一目見て、紫帆は「うわあ……！」と歓呼し、思ったより大きな声が出たのか慌てて口を手で押さえた。

「えっと……十一列の十四、十五番だな」

「あ、優成君、ここだよ！　結構前だね！」

　席を見つけてはしゃぎ、座って「ふかふかだ！」とまたはしゃぐ。そんな彼女を見ていると、こっちまで嬉しくなってしまう。

　これからこの劇場でバレエを観る。演目は彼女のラジオネームの由来にもなっている、『白鳥の湖』だ。

　夏休みということで特別に午前公演があり、彼女の『ワガママなんだけど……一緒に行ってくれる？』という一言でチケットを取った。Ａ席はそれなりに値段が張ったけど、そんなことは別に大した問題じゃない。貯金を下ろせばよかったし、この機会を逃したら音が聞こえる彼女とは二度と観に行けないかもしれないと思うと、迷うことはなかった。

「優成君、今日付き合ってくれてありがとう」

「ううん、僕も初めてだから楽しみだよ」

不意に彼女の顔が曇る。聞こえなくなっているのだろう、とすぐに分かった。最近はこんな風に、かなりの頻度で聞こえると聞こえないを行ったり来たりしている。断線したケーブルのように、彼女の耳が故障を繰り返すのを見ているのはつらかった。

「紫帆、大丈夫？　聞こえる？」

口を大きく開けてはっきり話すと、彼女は脳内になんとなく聞こえているであろう音と口の動きで察したのか「うん」と頷いた。

「こんな状態でもさ、観られるのが嬉しい！　中学二年のときにも別の会場で観たんだけど、その時は二階席でさ。だから、こんなすぐ近くで観られるだけで、ホントに最高だよ！」

そう言って笑みを零す彼女だけど、時折ものすごく虚《うつ》ろな表情を浮かべる。耳がそこまで悪いのかと心配しながら、気を紛らわすために入口でもらった今後の上演予定のフライヤーを見ていると、ブーッとブザーが鳴り、アナウンスの後に照明が落ちた。

いよいよ開演だ。

「嬉しい、近いなあ」

彼女の呟きが、小さく聴こえる中、静かに幕が上がる。

白鳥の湖のヒロインは、オデットという女性。彼女は悪魔ロットバルトにより、白鳥に姿を変えられてしまっている。一方、もうひとりの主人公であるジークフリート王子は舞踏会で花嫁を選ぶことになる。結婚したくない王子が気を紛らわすために湖へ狩りに向かうと、一時的に人間の姿に戻った美しいオデットと出逢い、一目惚れしてしまう……というところから始まる物語。

難しそうなイメージがあって昨日あらすじを読んでおいたので、セリフなしで展開するストーリーもすんなり入ってくる。その分、ときにひとりで、ときに大勢で跳ねて回るバレエパンサーの動きに集中できた。ここまで休みなく踊るためにどれだけの練習が必要なのか、なんとなく中学時代の部活と重ね合わせてしまう。

驚きだったのは音楽だ。てっきり録音を流しているのだと思っていたけど、ステージの下にオーケストラがいて、生で演奏していた。

始めはオーボエのメロディーから。悲しい物語のイメージ通り、憂いを秘めた旋律で始まる。そこに管弦楽が少しずつ加わり、起伏を伴って盛り上がっていく。

物語が進むにつれ、曲の幅は広がりを見せる。オデットとジークフリートがふたりで優雅に踊るシーンは、ハープとヴァイオリンのハーモニーが切ない。かと思うと、悲しみを表しているのか、急に激しいヴァイオリンの独奏が聞こえてきたりする。

そして圧巻は舞踏会のシーン。ハープの前奏の後、しばらくすると一気に盛り上がりを見せ、とてもノリのいい軽快な音楽がステージ全体に響いた。

音楽に圧倒されたかと思うと、無音のシーンではバレエダンサーの息遣いが聞こえてきそうなほど静か。緩急自在の構成に、夢中で見入ってしまう。

隣に座る彼女をちらっと見ると、うっとりした表情で舞台に見入っていた。ステージいっぱいに躍動感溢れる踊りを披露するダンサーたちを、記憶に焼き付けるようにまっすぐ見つめている。

今の彼女にはオーケストラの音楽が、バレエダンサーが床をドンッと踏む音が、観客から沸き起こる拍手が聞こえているのだろうか。つい気になってしまうけど、もし聞こえてなかったとしても、楽しんでくれているならそれでいいと思えた。

二回の休憩を挟み、あっという間に舞台が終わる。全部で二時間半だったけど、そのうち休憩が合計四十分だったこともあり、体感的には一時間半くらいに感じられた。

「紫帆、よかったよ、誘ってくれてありが……」

万雷の拍手に包まれたカーテンコールの後に照明がついてすぐ、彼女に視線を合わせたところで言葉を呑む。紫帆は、真顔のまま、泣いていた。ポツポツという水滴ではなく、途切れることなく流れる涙が、頬にキラリと光る跡を残す。

「紫帆、どした？　音楽とか全然聞こえなかった？」

「え？　あっ、えっ、ごめん、ね」

僕に言われて、彼女は初めて自分が泣いてることに気付いたようだ。

「違うの、割としっかり聞こえてたから、音は平気なの。そうじゃなくて……昔のこと、思い出しちゃってさ。私も中学のとき、白鳥の湖にオデット役で出ることになってたんだけど病気で断念したんだよね」

「そう、なんだ」

彼女はちらちらと僕を見ながら、遠慮がちに小さく頷く。仲良くなったつもりでも、まだ彼女と一緒に過ごすようになってから半年ちょっとしか経っていなくて、大して彼女のことを知らないのだと理解する。

「そのときはホントにつらかったんだけど、やっぱりこの作品にすごく愛着というか執着があって。『自分は白鳥にはなれなかったけど、せめてガチョウくらいにはなりたい！』なんて思ってラジオネームにしたんだ」

「それでガチョウの湖って名前にしたのか」

あのラジオネームは、ただのダジャレや言葉遊びじゃなく、彼女の悔しい思いが詰まってたんだ。

「だからね、こうして病気が進んだ今になって、また見に来られてよかったなって。もし次に見に来るときに音が聞こえなくても、踊ってるシーンを見たらきっと頭の中で音が流れるかなって。そう思ったらなんか泣いちゃってた」

「そっか……じゃあ、僕も来られてよかった」

彼女が憧れた舞台、そこに一緒に行けた喜びを噛み締めながら、僕は水色のハンカチで涙を拭く彼女を出口まで案内した。


「ふう、ごめんね優成君、もう大丈夫！　ご心配おかけしました」

ロビーまで来ると、紫帆はすっかり泣き止んでいつもの彼女に戻っていた。すでに十二時半のお昼どきになっていて、さっきまで一緒の会場にいた観客たちがスマホで近くの昼ご飯を探している。

「じゃあ軽く食べて、行こっか」

「うん、午後のメインだね！」

新宿に戻ってからセルフうどんの店でサッと昼食を済ませて、そこからＪＲを乗り継ぐこと一時間強。

僕たちは三時前に、今日最後の目的地、幕張近くの稲毛海岸駅に着いていた。

三月と同じように駅からロータリーに出て、バスに乗る。久しぶりに見る海沿いの住宅街や大きな病院を懐かしいと感じながら、海浜公園入口の停留所で降りた。

そこから歩いて公園を突っ切ると、海岸が見えてくる。駅からのルートも、バスの車窓から見えた街並みも、四ヶ月半前と全く一緒。彼女の耳の状態だけが、大きく違っていた。

「優成君、案内ありがと！　久しぶりに到着です！」

「さすがに夏だと人が多いな」

「ね、海水浴してる！」

春先と違って『遊泳禁止！』の看板は外れ、完全に海水浴場となっていた。テントやパラソルがいくつも並び、ライフセイバーが数人常駐して海の様子を見ている。青空だけどほんの少し浮かんでいる雲が時々都合よく太陽を隠し、暑すぎない気温に調整してくれていた。

賑わっているのを見るのも悪くないけど、あのときふたりっきりで静かに過ごした思い出が大人数に上書きされるようで胸がチクリと痛む。

「どうする、ここだと落ち着かないよな」

「あ、ねえねえ、あっちはどう？」

砂浜に入る手前のアスファルトで、彼女は遥か彼方を指差す。よく見ると遊泳ゾーンが仕切られていて、先の方はほとんど人がいなかった。

「向こうは泳げないだけだから、靴脱いで足とか少し浸すくらいはいいんじゃない？

あ、それとも優成君、浮き輪とか持ってきちゃった？」

「なんで僕が海水浴気分だと思ってるの！　浮き輪ってのも変だし！」

いつものようにツッコミを入れてあげると、彼女は楽しそうに頬を緩めて笑った。

「あー、楽しい！　やっぱり優成君とのかけ合いは楽しいなあ」

「ならいいんだけどさ」

楽しいと言ってくれている彼女の笑顔に少しだけ無理があることを、半年間の付き合いでなんとなく感じ取る。今日の紫帆は、全体的に浮かない気分のようだ。やはり耳の調子が相当悪いのだろう。僕だって、なかなか周囲の声が聞こえないとしたら、こんな風に作り笑顔になってしまうに違いない。

「ほら、紫帆、あっち行ってみよう」

ふたり並んで結構な距離のアスファルトを歩き、人通りの少ない砂浜まで着いた。

海水浴のスペースが家族や友人のグループで過ごす場所だとしたら、こっちの方は主にカップルや夫婦がふたりで過ごす場所。静かに砂浜を濡らして去っていく波の音を聴きながら、数組の男女が歩いている。雲に遮られながらも陽光が水面に届き、僕たちの夏の青春を彩るように煌《きら》めいていた。

「ここで少し休もうよ。私、レジャーシート持ってきた」

「今回は僕も持ってきたよ」

「あ、ホントだ！　優成君のシートの方が大きいから、使わせてもらってもいい？」

ふたりで敷いて、靴を脱いで座る。思ったより風が強く、僕たちは慌てて靴やバッグでシートの隅を押さえた。砂で汚れてもいいよう、デニムにして正解だ。

「暑いね。もう少ししたら日が落ちるかな。私、日焼け止め塗るの忘れちゃった」

「日没は先だろうけど、気温は下がり始めるんじゃないかなあ」

暑そうに手であおぐ彼女を見ながら、僕はバッグを漁り、炭酸飲料を取り出す。

「紫帆、飲む？　僕、このシリーズでは、この普通のサイダーと乳酸菌サイダーが好きなんだよね」

彼女は少し固まった後、困ったように顔を歪《ゆが》めて笑みを浮かべた。

「……ごめん。飲んでいい、ってことで合ってる？」

「あ、ごめん！　調子悪くなってたんだ！　合ってるよ！」

ゆっくりはっきり、オーバーリアクションに頷きながら話すと、紫帆は右手でオッケーマークを作って、僕の差し出した飲み物を受け取った。

「なんか、いつもよりさらに聞こえが悪くて……ほとんど言ってること分からなかったんだ、ごめんね」

「ううん、こっちこそごめん」

お互いに「ごめん」を重ねる。なにか話そうとしたけど、どこまで聞こえるか分からなくて、そうなったら聞こえなかった彼女も聞いてもらえなかった僕も寂しくなってしまう気がして、雑談を呑み込んだ。

「ふふっ、私、このソーダ好きだよ！　あ、でもさ、前にこのシリーズでプリン味のソーダ限定で出してたでしょ？　あれはホントひどかった！　炭酸はスッキリした気分になりたいから飲むってことを商品開発担当の人に説教したい！」

一口、二口と飲んだ彼女が「ぷはあ」という息と共に明るく言い放つ。無理やり絞り出している空元気であることは分かっていたけど、それでも今は彼女のその自家発電の明るさに救われていた。

波が時を刻むかのごとく規則的に寄せては返し、こっちにおいでよと誘うように僕たちの近くまでシャアアア……とやってくる。遠くで家族のはしゃぐ声が微かに響いてるけど、ここは存外静かで、波の音が、夏の海の音が聞こえてきた。

でも、それは僕だけ。今聞こえているのは、僕だけ。

「あーあ、三月に来たときは聞こえてたんだけどなあ」

おもむろに彼女は靴を履く。そして、レジャーシートの周りを回るように、バレエのステップを踏み始めた。左足で立って右足で半円を描くように動いたかと思うと、右のつま先を左足首の前後に素早く動かして打ち付ける。それから僕の目の前に来て、左足を軸にして風を集めるようにターンした。砂浜の砂も一緒にシャッと舞う。

紫帆の脳内には、さっきの白鳥の湖が流れているのだろうか。踊り終えて綺麗な姿勢で立つ彼女を前に手が痛くなるくらい拍手すると、彼女はまるで主役のように仰々しくお辞儀して見せた。

「世界はいつも私から色んなものを奪っていくなあ」

「……そうだね」

立ち上がりながら発したこの相槌も、彼女には届いていないのかもしれない。この世界は彼女には優しくなくて、でもこの世界だからこそ僕は彼女に会えたわけで、憎しみも喜びもごちゃまぜになって襲いかかってくる。

彼女は「あ、ちょっと耳戻ってきた」と言いながら、波打ち際の方に歩いていく。さっきからずっと聞いている波音を、彼女は新鮮に「海だね！」と喜んでいる。

「よかった、せっかく優成君と来たのに、ずっと聞こえないままだったらさすがに落ち込むなあ、って思ってた」

不意に彼女は、水平線の彼方に目を遣った。果てのない先を見渡し、自分自身に納得するように、頻《しき》りに頷いている。

「……はあ。うん……うん」

そして、彼女はくるりと向きを変え、なにかを決意したような晴れやかな表情のまま、まっすぐに僕に視線を向けた。

「優成君、話したいことがあるの」

「……紫帆、あんまりいい話じゃないでしょ？」

「えへへ、そっかあ、やっぱり分かっちゃうよね……当ててみる？」

困ったような笑みを浮かべて、彼女は僕に手を向け、首を傾げる。僕は静かに俯き、ゆっくり息を吐く。

紫帆の耳が、病に侵されている。それは脳の腫瘍のせいだと話してくれた。でも本当は、あることがずっと気になっていた。

あの日、喫茶店で彼女から病気の話を聞いたとき、ひとつだけ引っかかったことがある。

『そんなことで落ち込んでる場合じゃないのにね』

もちろん、『早く元気にならなきゃ』というポジティブな意味にも取れる。でも、もっと大変なことが待っている可能性を知っていた、とも考えられる。

ほんの僅かな、でも消えてくれない、ひとつの疑問。

顔を上げる。黙って僕を見つめる彼女と目を合わせ、口を開いた。

「紫帆、耳だけなの……？」

その瞬間、彼女の顔色がサッと変わり、小さく息を呑んだ。数秒の沈黙が、一分にも二分にも感じられる。

口を真一文字に結んでいた紫帆は、ゆっくりと目を瞑る。やがて目を開けると、綺麗な黒い瞳を僕に見せながら静かに笑いかけた。今まで見たことがないくらい柔らかくて、でも儚げですぐに消えてしまいそうな微笑み。

「やっぱり鋭いなあ、優成君は」

こんなことで褒められたくない。鋭いなんて、まるで僕の疑問が当たってるかのように返してほしくない。彼女がなにかを言おうとする前に、脳が高速で回転して話の続きを予想しようとしてしまい、打ち消すように強く頭を振った。

そして彼女は、答え合わせのように口を開く。

「一番心配してたことが起きちゃったんだあ。ちょうど昨日ね、お医者さんに言われちゃった。腫瘍が転移してるみたい。結構危ない場所に、何ヶ所もね。だから、喫茶店で優成君に打ち明けたときは耳だけだったけど……もう、命も、長くないんだって」

「……え、あ、え？」

信じられないような最悪な答えが、音もなく彼女の背後に迫っていることを知った。

「……あ……ああ……」

なにか音がすると思ったら、僕が開けっ放しにしていた口から漏れる唸り声だった。

「いや……なに言ってるの、紫帆？　冗談キツいよ」

「ね。冗談だったら、いいんだけどね」

「今ならどう返されても驚かないし笑って許すから、本当のこと教えてよ。耳以外でどこが悪くなるの？　腕？　足？　それとも下半身とか？」

紫帆は、目を閉じて悲しそうに笑った。

「……ごめんね、優成君」

「謝らないで！　謝ったら本当のことみたいじゃん！」

大声で叫ぶ。感情のコントロールができなくて、ただ子どもみたいに、イヤなことから逃げようとして怒鳴る。

死ぬ？　紫帆が？　いつ？　なんで？　今こんな風に元気に立ってるのに？

なんとなく、耳だけじゃない気はしていた。でも、利き手が使えなくなったら困るだろうなとか、うまく歩けなくなって一時的に車いすになっちゃったりするんじゃないかなんて、そんな程度の心配しかしていなかった。

「死ぬって……死ぬって……いつ？」

「んん、そこまでは分からないんだ。一年とか、生きられればいいけどなあ」

「一年……そんな……」

到底信じられないし、信じたくもない。会話をすると不幸な現実が近づいてくるような気がして、そこからしばらく黙ったままでいた。

彼女の世界そのものが消えかかっていることを知り、ザラザラとした硬い紙やすりで心を撫でられているような気分になる。

「紫帆、ちょっとだけ待っててね」

彼女の返事を聞く前に靴を脱ぎ、波に入る。そのまま海水を両手で掬って、後でベタベタになるのも構わず顔を洗う。変な行動をしていると分かっているものの、体を冷やして冷静になりたかった。

グッと体を伸ばし、振り返って紫帆の顔を見る。申し訳なさそうな表情。彼女だって勇気を出して伝えてくれたんだと思い、取り乱したままではダメだと自分自身を省みながらもう一度シートに座り直した。

「……ごめんね紫帆。狼狽《うろた》えちゃった」

「ううん、昨日の私の方がひどかったよ！　絶対優成君には見せられないくらい」

笑い話にしようとする紫帆になにを言っていいか分からなかったけど、ひとつだけ理解できていることがある。紫帆は今、なるべく明るく冷静にいようと頑張りすぎてしまっている。それを少しでもいいから、崩してあげたかった。

僕はゆっくりと座りながら、いつかと同じことをもう一度彼女に伝える。

「前も話したけどさ、いつでも吐き出してね」

彼女はきょとんとした表情で僕の方を向く。それから僕の横に座り、上体を起こしたまま足を投げ出し、両手を体の後ろについた。リラックスした姿勢になって、また笑顔を見せる。

「うん……でも、大丈夫だよ。苦しいのは自分だけじゃないから。他のみんなも大変だし――」

「でもさ」

彼女が言おうとしていたことは予想できたので、僕はあえて遮った。

「苦しいのが自分だけじゃないことと、苦しいと感じるかどうかは別でしょ？」

その言葉に彼女の微笑が固まる。海風に吹かれて額の前で揺れる黒髪の隙間から、見開いた目が覗いて僕の視線と交わる。

「周りが苦しい、でも自分だって苦しい。それでいいんだよ。僕の前で無理に笑わないでいいし、虚勢を張らなくていい。紫帆がつらいことには変わりないんだからさ、つらいとか苦しいって言わない理由にしなくていいんだ。言っていいんだよ」

「そっか……じゃあ……うん、苦しいなあ」

普通の座り方に戻した紫帆は、自身に問いかけるように、噛み締めるように、呟いた。声が揺れているのは風のせいじゃないし、目が潤んでいるのは砂が目に入ったからじゃない。

「波がさ……さっきまで全然聞こえなくてさ……静かで、すごく静かで……」

「うん」

「このまま誰の声も、お父さんお母さんの声も、ラジオの声も、優成君の声も聞こえなくなるんじゃないかって……」

「うん、うん」

なにも言わない。ただ、聞いてあげたい。

「それで……それで、でも、耳だけじゃなくて命までなくなっちゃうんだなって……このまま……静かなまま死んでいくなんて……怖いの！　怖いの……っ！　静かなのはイヤだ！　死ぬのだってイヤだよ！　苦しいよ……ふっ……うう……つらい、つらいよ……」

膝を抱え込むようにして座る、その腕の間に顔をうずめて、紫帆は大声で泣く。長く、長く、堰《せき》を切ったように慟哭《どうこく》する彼女を見ながら、僕も泣きそうになるのを堪えて静かに何度も頷いた。

「ふう……あり、がとね、優成君」

しばらく経ち、涙を止めた彼女が目を擦る。しゃっくり気味なのは、心の底から泣くことができたからだろう。

「ううん、気にしないで」

正直に言えば、僕だってまだ頭の中が整理できていない。でも、今の彼女に寄り添うなら、動揺していちゃダメだ。そう自分に言い聞かせ、彼女に聞こえないように深呼吸して、話題を切り替えた。

「それより紫帆、話してたアレ、どうする？」

「……うん、行ってみる。音が聞こえなくても見られるだけで嬉しいし」

彼女は立ち上がり、ずっと丸めていた背中を伸ばすようにグッと後ろに反る。悲しみを爆発させたことで少し気が晴れたらしい彼女を励ますように、雲も移動して沈みゆく太陽を見せてくれた。

「ここからバスで二十分くらい走ったところが穴場ポイントだって投稿してる人がいたんだ」

「じゃあそこに向かおう。早く行かないと埋まっちゃうかもだし！」

少し元気を取り戻した彼女に急き立てられるようにレジャーシートを片付け、この海浜公園に来るために降りた停留所に向かう。

数分待ち、やってきたバスに乗って駅と反対方向に十分ほど走ると、砂浜のない小さな公園に着いた。

時間は十九時少し前。ちょうど始まる時間だ。

——ヒューーーー　ドーン！　ドドン！

「うっ……わ……優成君、すごい！　ホントに穴場だよ！」

「めちゃくちゃよく見える！」

若干小さいけど、花火がよく見える。赤・青・緑と様々な色で宙を染めながら、音と煙を残して空に咲き誇る。

八月下旬の平日は毎日、この辺りで花火があがることをＳＮＳで知って、彼女を誘った。有料席や露店があるような規模ではなく、夏のミニイベントとして十五分程度打ち上げるものらしい。この公園は打ち上げの場所からは大して離れていないけれど、車かバスじゃないと来づらいため、まさに穴場だ。カップルや友人グループでそれなりに混んでいたけど、十分なスペースがある。

「あっ、私、あのパラパラパラって光る感じで終わる花火好き！」

「僕もあれ好きだよ。いいよね、余韻があって」

——ヒューーーーー　ドドーン！　ドーン！　ドドーン！

時間が短い分、花火大会のフィナーレのような感じで一気に打ち上がっていく。彼女が好きだと言っていた、空で煌めきながら消えていく花火が連発され、流星群のように白い光が瞬く。もっと近くだったら煙の匂いも感じられたかもしれないけど、近いと混雑しすぎて今みたいにゆっくり見られないだろう。

　空に響き渡って町一体に降り注ぐこの音も、ひょっとしたら彼女には届いていないのかもしれない。今は聞こえているのだろうか。そんな心配は、嬉しそうに花火を見ている彼女が、「今は耳の調子いい！　この音がいいよね！」と言うのを聞いて吹っ飛んだ。

「優成君、綺麗だね！」

「うん、すごく」

　耳元ではっきり話すと、彼女はチッチッチと大げさに指を振ってみせた。

「ちょっとちょっと、ここは『花火より君の方が綺麗だよ』を言う千載一遇のチャンスでしょ？」

「え、いや……そんなこと、急に言えないよ」

　突然のドキッとするような発言に動揺していると、僕をジッと見ていた彼女はプッと吹き出した。

「ふふっ、冗談だよ。そんなに本気にされると照れちゃうなあ！」

「こっちだって照れるよ！」

　僕もつられて笑う。ふたりで話していると、花火すらＢＧＭになってしまう。

たとえ耳が聞こえなくなっても、僕がスマホに打った文章を見せたり身振り手振りで伝えたりすればずっと笑っていられると漠然と思っていたのに。それが長くて一年くらいのタイムリミット付きであることを思い出すだけで、目に涙が浮かびそうになる。全然消化できていなくて、ただただ胸が痛む。

「わっ、すごい！　今のこれまでで一番大きいね！」

手を叩いて破顔していた紫帆は、もう一度空を見上げた。濃紺で塗りたくられた夜に白い肌が鮮やかに映る。ストローハットから覗く彼女の髪がさらさらと風に踊り、瞳に空高く咲く花が宿っては消えた。

花火の音がした瞬間に、こっそり「綺麗だよ」と言ってみる。彼女に届かなくていい素直な気持ちを言葉にすると、頬が熱を持った。

そこから数分経ち、打ち上げ時間が終わったのか、周囲に夜の静寂が戻る。

「ああ、次の来ないね。私あと一時間はこうして見てられるなあ」

「分かる、あっという間だったね」

聞こえるのは、人が少ないせいか昼より大きく響くさざ波。

彼女は「帰ろっか」と呟いた後、手持ち花火の火も消えるような大きな息を吐いた。

「さっきさ、海で気持ち吐き出せてすっきりした。優成君、ありがとね」

「ううん、僕は自分にできること言っただけだよ」

本気でそう言ったけど、謙遜に聞こえたらしく、彼女は首を振る。

「ずっと抱え込んでたんだ。周りもつらいんだし、蓮杖紫帆は楽しいトークがウリなんだぞって。なんかそれで、逆に自分のことを縛ってたのかも。だから今日、優成君から『苦しいって言っていい』って、そう言ってもらえて救われたっていうか……うん、優成君がいてくれてよかった」

こんな風に言われて、嬉しくないはずがない。お礼を言わなきゃ。

でも、僕が本当に伝えたい感謝は、別のものだった。

「僕も、紫帆がいてくれてよかったよ」

「え……私？」

「うん。サッカー諦めて高校来てさ、一年も二年も、本当に無気力なまま過ごしてて、毎週ちょっと好きなラジオ聴いてるだけだったんだよ。本当に、どうしようもなかった。でも、紫帆と出会って、アットさんの話ができる友達になれて、お便りを投稿するようになったんだ。それがきっかけで校内放送でラジオもやれたし、仲良くなったから海にもバレエにも行けた。お世辞抜きで本当に、僕は紫帆のおかげでちゃんと高校生活を送れるようになったっていうか……一歩踏み出せたんだよ」

それを聞いた彼女は、しばらく黙っていたが、急にくるっと体の向きを変えて、バス停に向かうように芝生を歩き出した。スンと、鼻をすする音が聞こえる。

「えへへ、今日は……泣かされっぱなしだなあ。女子を泣かすなんてひどい！」

「えっ、こういうパターンで泣かせるのもダメなの？」

「ダメ、ダメです！」

涙声なのにどこか楽しそうな彼女の顔を見ないよう、数歩後ろを歩いてバス停に行き、そこから駅に戻った。

「優成君、ホントにありがとね。バレエも海も花火も、すごく嬉しかった。私、今日のこと絶対忘れない」

「僕の方こそ、ありがとな。また二学期に」

電車の乗り換えの都合で、駅の改札階でお別れの挨拶をする。

耳が不調に戻ってしまったらしい彼女が首を傾げたので、指を二本立てながら「また二学期ね」とはっきり口を開いてもう一度伝えた。

「うん、その前にラジオで会おうね！」

「おう、またな」

「またね！」

別々のホームに続く階段を上がっていく。彼女はお互いが壁で見えなくなるまで、何度も手を振ってくれたので、僕もめいっぱいの力で振り返し、階段を駆け上る。

正直、まだ紫帆の余命の話を受け止めきれたわけじゃない。決して目を開けない、冷たい紫帆を想像してしまって、叫び出しそうになる。でも、彼女がこれまで通り僕に接してくれようとするなら、僕も同じように笑い合える関係を守りたい。

幸せで苦しい、この夏の一番の思い出を噛み締めながら、電車に乗り込む。

そしてそこから十日後、二学期を迎える前に、彼女は世界から音を失った。

ネタ用ノート⑤

なにも聞こえないことが、こんなに寂しいなんて思わなかった。

道で話しながら笑ってる人の声も聞こえない、新曲の動画で歌ってるアーティストの声も聞こえない。ドラマで泣いている女優さんの声も聞こえない。

表情は見えるのに、伝わってこない。静かで、ただただ静かで、昼間の部屋でも深海にいるようで。寂しい。

でも、こんなことを悲しんでいる暇もなく、この命もなくなっていくんだろう。

もうどうでもいい、どうでもいい。

このノートももう終わりにしなきゃ。投稿しないんだから。投稿したって、ラジオからはなんにも聞こえてこないんだから。しばらくしたら、私は消えるんだから。

第六章　電池切れの君と

【なにも聞こえなくなっちゃった】

紫帆からそうメッセージが来たのは、八月三十日、金曜日の夜、前日のアットマーク放送室の感想に返信が来ないな、と待っていた矢先のことだった。

少し長めの文が書かれていたけど、動く動物のおもちゃが突然電池切れになるように、前日木曜の夕方に倒れて、全く聞こえなくなったらしい。

なんて返せばいいか分からなくて、どんな言葉をかけてもなんの救いにもならない気がして、【それ以外の体調は大丈夫？】なんて話題を変えてみる。でも送ってから、もし大丈夫じゃなかったら、起き上がれないような状態だったらどうしようと不安になってしまう。

【うん、耳以外は元気、ありがと】

その返事に少し安堵しつつも、絵文字も顔文字もないモノクロのテキストに彼女の精神状態が不安にもなる。

そして紫帆は、そのまま数日間、入院することになった。

二学期が始まり、紫帆がとある病気で入院している、という話はホームルームで担任から全員に共有されたけど、紫帆がいない教室では数多の話題のひとつにしかならなくて、「大丈夫かな」「心配だね」くらいのトーンで流されていく。

そして僕たちは、ありきたりの日常を、当たり前に送っていく。紫帆の病気などなかったかのように時間の進む教室は、寂しい空間でもあり、彼女への心配を紛らわせるための安息の場でもあった。

九月四日、水曜日。早朝、紫帆から【今日から学校行くね】とメッセージがあり、朝食もほどほどに急いで登校する。教室に一番乗りかと思ったものの、すでにクラスメイトがいた。

肩につきそうな黒髪、横顔でも分かる切れ長の目、ピンクの唇。後ろのドアから入った僕の存在に気付かないまま、バッグから教科書を取り出している蓮杖紫帆だった。彼女の姿を目にして、一気に鼓動が跳ね上がる。

「紫帆」

聞こえないだろうけど名前を呼んで肩を叩く。こっちを振り向いて目を見開いた彼女に向かって、「おはよう」と声をかけると、僕の唇の動きを見て「おはよう」と返してくれた。

「……優成君、今日からまたよろしくね」

「うん、よろしく」

声は問題なく出せる。僕が話していることを理解してもらえれば、意思疎通は問題なくできそうだ。でも彼女の表情は、久しぶりに会えた喜びなどまるでないように憂いを帯びていた。

＊＊＊

「現在完了の継続と、現在完了進行形の継続の違いは、共通テストでも狙われるから注意が必要ですね。現在完了は〝状態〟が継続することを意味してるのに対して、完了進行の方は〝動作〟の継続を表すので……」

先生の話を聞きつつも、どうしても意識は黒板ではなく、斜め前の席にいってしまう。そこには黒板と教科書で視線を行ったり来たりさせながら授業を受けている紫帆の姿があった。

「えっと、じゃあこの英文を……蓮杖さん。誰か、教えてあげてくれる？」

先生に呼ばれても、彼女はずっと教科書を見ながらノートに書き写している。後ろの席の女子がトントンと彼女の背中を叩き、テキストの英文を指してあげると、彼女は慌てて立ち上がった。

「えっと……動作なので完了進行形のhave beenが入ります。訳は『私はこの本を一時間以上も読んでいる』です」

「はい、正解です。じゃあ次の文を……」

授業自体にはついていけているし、今みたいに指されれば答えることもできる。それでも、彼女は毎日つらそうに過ごしていた。


登校した初日、紫帆は遂に、クラスで耳が聞こえないことを打ち明けた。

クラスメイトにとっては寝耳に水だったに違いないけど、いつも彼女と一緒にいた女子グループのメンバーの中にはそこまで驚いていない子もいた。これまでの会話の中で、違和感を感じ取っていたのかもしれない。

グループの中に彼女の姿を見ないことも増えた。聞こえない人がいると、どうしても会話のテンポが大きくズレる。例えば急に面白いニュースが入ってきたときは、みんなでワーッと盛り上がりたいはず。紫帆を意識してテンポを落とすなんてことは難しいし、そもそも声の呼びかけだけでは彼女は気付けない。

みんなもそれを分かっていて紫帆をなんとなく遠巻きにするようなこともあったし、紫帆もそういう状況を全て理解しているからこそ、自分から距離を置いている節もあった。

「このまま普通に授業受けるの厳しくない？」

「受験もキツいよね。っていうか、リスニングどうするの？」

時折、彼女に聞こえることのない、彼女の話が出てくる。

残りの命が僅かだということは知らず、耳の病気だと思っているクラスメイトの会話。ネタにしているわけではなく、でも彼女の病気のことをどんな風に咀嚼していいか分からない。困惑を纏ったみんなのやりとりに、紫帆が〝腫《は》れ物〟のようになってしまっていることが分かって僕も気が滅入ってしまう。

「耳が聞こえない人の学校とかあるじゃん？　ああいうところに行かないの？」

「さあ、もうすぐ卒業だから最後までいたいんじゃない？」

別のグループから聞こえた質問に、僕はつい頷く。そう、彼女は学校を変えることなく、この高校で過ごすつもりだと、紫帆の口から直接聞いている。理由は濁されたけど、それが僕の不安を煽っていた。

もちろん〝あと半年だから、最後までいたい〟というのも間違ってないかもしれない。でも、ひょっとして逆だったら。〝あと半年もいられないから、転校しても仕方ない〟ということだったらと思うと、言いようのない恐怖で喉がカラカラになり、味を感じられないまま麦茶をがぶ飲みした。

「ねえ、紫帆。一緒に、帰ろうよ」

「……いいけど」

放課後、彼女の肩を叩いてからゆっくりはっきりした声で誘って、並んで帰路につく。「まだ暑いね」「台風、こっち来ないといいよね」なんて頭に思い浮かぶ会話をパッと口にしても、彼女には届かない。ほんの少しだけもどかしさを感じながら、スマホでテキストを打って、彼女に見せる。

【もう中旬に入ったのに、まだ暑いよね】

「うん、暑い。早く秋になってほしいよね」

淡々と話す彼女に、先月までの明るさはない。表情には影があり、声には重たさがあった。

次にどんな話題を投げかけようかと考えていた、そのときだった。

「もう、残りの命とかさ、そういうの待たずに、消えたいなあ」

その言葉に、足が止まる。暑いと伝えたばかりの気温が、一気にひゅっと下がったような気になる。

「そん、な、こと」

「消えたい、って思っちゃうなあ」

僕の返事に気付かない彼女が言葉を重ねる。僕は急いで、テキストを打ってその画面を見せた。

【そんなこと言うなよ。苦しいときは吐き出していいって言ったけど、そんな自分を

傷つけるようなこと、わざと言わなくていいよ。みんな戦ってるんだって、つらいのは自分だけじゃないって、言ってたでしょ】

それを見た彼女は、真顔のまま僕を見上げた。黙ったまま瞬きをしていくと、少しずつ目が潤んでいき、堪えきれなくなった思いが水滴になって、逃げ出すように頬を滑る。そして、急に僕の胸元を掴んで、叫んだ。

「もうそんなこと思えない！　思えないよ！」

駅に向かう大通りだから、うちの学校の生徒も、他校の生徒も通るし、サラリーマンだって歩いている。でも、そんな視線が気にならないくらい、彼女の涙に心が呑み込まれていた。

「なにも聞こえなくなって、これから存在まで消えちゃうなんて、これよりつらい人がどれだけいるの！」

「……ん……」

胸元を掴んでいた手を離し、今度は僕の両肩を強く握る。そして顔が見えないくらい俯き、掠れた声を絞り出す。

「静かだよ……なにも聞こえない……目を瞑ったら、もう、なにも、ないんだよ……」

「……うん」

返す言葉がなくて、もう一度頷く。彼女は冷静になったのか、「ごめん」と素っ気なく謝り、足早に駅に向かって再び歩き始めた。

会話の消えた帰路の中で湧き上がってきたのは、どうしようもないほどの後悔。

暗いまま過ごしている彼女のことを、落ち込んでいるんだなくらいにしか考えていなかった。いや、本当は違う。僕自身が寂しくなったり不安になったりするのが怖くて、真剣に向き合おうとしなかった。だから、彼女から打ち明けられて一週間もこうやって本音を言ってもらえなかったんだ。

こうして彼女が感情を爆発させて初めて、彼女がどれほどつらい重荷に耐えていたかが分かる。僕は大馬鹿だ。

「ああっ！　もうっ！」

前を歩く彼女に聞こえないのをいいことに声をあげ、自分の左の手のひらにグーにした右手を打ち付けた。自分への怒りも、彼女がいなくなってしまう怖さも、全部まぜこぜにした感情を発散させる。頭の中に溜まっていた熱を吐き出して、ようやく心が落ち着いた。

紫帆の力になりたい。病気は治せなくても、余命は伸ばせなくても、紫帆が少しでも前を向けるように支えたい。それはちょうど、僕がラジオがきっかけで彼女と仲良くなり、彼女の考え方や明るさに触れて前を向けたように。

「なあ、駿。相談があるんだ」

「どした？　優成がそんなこと言ってくるの、珍しいな」

「蓮杖さんのことなんだけどさ……」

翌日、九月十二日、木曜日の放課後。通院のためにホームルーム前に帰宅した紫帆の机を見ながら、僕は駿に小声で相談した。もちろん、彼女がもう長くないということは伏せたまま。

「……というわけでさ。蓮杖さんを元気づけたいんだけど、自分になにができるかなって迷っててさ」

「なるほどね……」

駿は腕を組んでしばらく考えた後、首を傾げながら答えた。

「あんまり頭よくないから正解は分からないなあ。蓮杖さんがしたいことや好きなことで今できなくなってることがあるなら、それをやればいいんじゃないかなとは思うけど……なんて、めちゃくちゃ単純な答えでごめんな」

「そうか、好きなことかあ……ありがとな」

正直、駿の意見は目から鱗だったし、すごく役に立った。自分になにができるかばかり悩んでいたから、紫帆の目線に立って考えられていなかった。

「好きなこと……好きなことでできなくなってること……あっ」

復唱しながら考えていると、不意に頭に閃《ひらめ》いた。できるかな、大変かな。でもこれなら、彼女に喜んでもらえるんじゃないかな。

「駿、いいの浮かんだかも。助かった、やっぱり持つべきものは友だな！」

「参考になったならよかった。ところで優成、今日どっか遊びに……っておーい！」

「悪い！　また今度遊ぼう！」

やることが決まると、足取りも軽くなるし、エンジンでもついたかのように元気に動ける。駿に挨拶してすぐにバッグを持ち、ダッシュで駅に向かった。

【紫帆、今日、カフェ行けたりしない？】

翌日、金曜日。僕は紫帆にスマホで打った文章を見せて誘った。

「……うん、昨日病院行ったから、今日は大丈夫だよ」

相変わらず元気のない紫帆は淡々と答える。一昨日の一件でバツが悪いのか、並んで歩いているときも彼女は黙ったままだった。

ふと横を見ると、彼女の視線がジッと僕を捉えていることに気付く。

「なんか今日、優成君疲れてるね」

「ん、ああ、そんなことないよ」

口をはっきり開いてそう答えつつ、思わず漏れてしまったあくびを噛み殺す。彼女が僕を見てくれているのが、無性に嬉しかった。

「おっ、紫帆、見て。新作の和栗タルト、美味しそうだよね！」

夏休み前までよく来ていたカフェ。彼女の肩をトントンと叩いて、店の前ののぼりを指差してみせる。言いたいことを分かってくれたようで、「美味しそうだね」と小さく微笑んだ。

久しぶりに店内に入ると、幸いにもうちの学校の生徒はいなかった。自由に話すことができそうで安心だ。

「………」

彼女は注文して受け取ったホットティーに砂糖を入れ、スプーンでかき回す。すっかり溶けているだろうにずっと混ぜているのは、なにを話そうか考えあぐねているからかもしれない。ちらちらと僕を見てくるけど、目線が合うたびに目を逸らしている。

やがて彼女は、意を決したようにストローの袋をぐしゃっと握ると、僕に向かって座ったまま頭を下げた。

「優成君、この前ごめんね。なんか、すごく不安が積み重なっちゃって……思いっきりぶつけちゃったの。傷つけちゃってごめんなさい」

僕は〝ちょっと待ってて〟という意味で、右の手のひらを彼女へと向ける。そして、スマホの音声文字起こしアプリを起動してマイクに向かって話す。

「いや、僕の方が謝らなきゃだよ。なんでも受け止めるつもりだったのに、受け止めきれなかった。紫帆のこの先のこと考えるのが怖くなっちゃって、君の気持ちとか恐怖にちゃんと向き合おうとしなかったんだ。ごめんなさい」

マイクのマークがぐるぐる回り、やがて文字がカタカタと打たれ、テキストになって表示された。紫帆はそれを読み、「ううん」と首を振る。

「そんな風に言ってくれてありがとう」

ふたりでお互い、頭を下げ合う。彼女が少しだけホッとしたように肩の力を抜いたのを見て、僕はもう一度スマホに話しかけた。

「結構このアプリいいでしょ？　これなら文字打たなくていいから、紫帆と話しやすいなって」

「うん、私も『大変なことさせてるな』って思わないから気が楽かも」

よかった。彼女も気分が落ち着いたようだし、本題に入れる。

「それでね、紫帆。今日話したかったのはアットマーク放送室のことなんだ。あのさ、これからも、ガチョウの湖として投稿してよ。一緒にラジオ聴こう」

そのテキストを見た彼女は、柔らかかった表情を一気に強張らせる。

「優成君、そんなひどいこと言わないでよ……どうせ聞こえないんだから、投稿なんてしない、したくないよ！　せっかくラジオのこと忘れてたのに――」

「聞こえなくても、目で楽しめるようにするから」

彼女の言葉を遮って、バサッと紙の束を机に置く。ひたすら横書きで文字が書かれた、A4縦の紙。

「これ、って……」

僕は一枚目の紙の一番上を指差す。『アットマーク放送室　9月12日』とタイトルを入れておいた。

「優成君が、書き起こしてくれたの……？」

僕は精一杯笑って大きく頷く。

「思ったより時間かかっちゃってさ。さっきあくびなんかしちゃってごめんね」

「ううん、ありがと……嬉しい……すごく嬉しいよ……」

彼女は紙を捲りながら、涙を一粒零し、紙の真ん中を綺麗に滲ませた。

駿から聞いた〝蓮杖さんがしたいことや好きなことで、今できなくなってること〟という言葉で思いついたアイディア。彼女が好きで好きで、断腸の思いで聴くのを止めたに違いないアットマーク放送室。バレエを続けることを断念せざるを得なかった彼女に、これ以上好きなことを諦めてほしくなかった。

父親からパソコンを借りてスピーカーでラジオを流し、今使っている音声文字起こしアプリを使っていったん書き起こす。あとは、プレミアム会員に登録したことで使えるようになった聴き逃し配信の機能で何回か聴き返しながら、文章がおかしいところを修正して印刷した。初めてだったので慣れないこともあり、深夜二時の放送終了から三時間近くかかってしまった。

「これから毎回書き起こすから。だから投稿してよ。僕、紫帆にはこのラジオだけは続けてほしいんだ」

「うん……うんっ！　ありがと、優成君、本当にありがとう！」

笑みを見せながらも泣きだしてしまった彼女を目の前にして、僕の心は満たされていた。この前の帰り道とは、涙の意味が違うから。

「これ、読んでもいい？　久しぶりに優成君とラジオの話したいから」

「うん、読んで読んで」

彼女は涙を拭き、書き起こしを読み始めた。食い入るように紙を見つめて捲ってくれているのが嬉しい。

「あっ、昨日は旅行の話してたんだ。房総《ぼうそう》半島の方に行ったんだね。この太字にしてくれたところ、叫んでる感じが出てていい！」

「でしょ？　ちょっとフォントも大きくしてみたんだ」

彼女は「雰囲気伝わるよ」と頷きながら読み進める。脳内では、アットさんの声が聞こえているんだろう。

「ねえ、優成君、このお便り、聴いてた？【自分は今、腕の病気にかかってて、大学のサークルのパソコン作業でも痛みが出ます。でも、嘆いてるだけだと気が塞いでしまうだけなので、少しでも楽しいことを見つけられるように頑張ります。早速、シークヮーサーサワーの飲み比べをやろうと思って、各メーカーのものを合計四本買ってきました。今夜は飲むぞ！】だって。みんな大変なんだなあ」

「ね、こんな前向きなこと書いてて、お酒飲むってのもいいよね」

「うん、いいよね……私もまた、もう少し前向きになれるかな」

「なれるよ、紫帆なら。バレエのときも立ち直ったんだろ。だから大丈夫！」

僕が強く言い切ると、彼女は「そっか、そうだよね」と原稿に目を落としながら、唇を内側に巻き込むようにして微笑を湛《たた》える。

少しでも彼女の励ましになるなら嬉しい。このお便りは、番組で言っていたことにして、僕がこっそり書き足したものだから。

翌週から、紫帆は少しずつ変わっていった。

「私、あそこの焼き芋ラテ飲んだんだけど、めっちゃ美味しかったよ！　紫帆、もう飲んだ？」

「うん、飲んだ！　でも私、『焼き芋ラテでお待ちのお客様』って呼び出しが聞こえないでしょ？　だから店員さんのことジッと観察してさ。あれが私のだ、と思ってカウンター行ったら、先に頼んでたおじさんのだった！」

「あるある！　注文かぶってると間違うよね！」

クラスで談笑する女子グループの中で、紫帆は画面と友達を交互に見ながら会話に混ざっている。

彼女から聞いた話によると、家電量販店でマイクを買ってきたらしい。僕が使っているアプリより高性能な、マイクと連動している専用の文字起こしアプリがあるらしく、マイクで拾った音をテキストで読んで、会話に参加している。ワンテンポ遅れることもあるけど、かつてのように明るく笑い話を披露する彼女は、先週よりずっと活き活きして見えた。レコーディング機能もついているので、授業のときは先生に付属のピンマイクをつけてもらい、話している内容を文字で読んだり、録音を家で聴き直したりして勉強しているようだ。

「書き起こしのアプリのことは知ってたんだけどね、なんかそんな物使って話したら、これまでは普通に話せたのになあって自分で思っちゃいそうで、使ってなかったの」

昼休み、ご飯を食べ終え、中庭のベンチに腰かけて紫帆と話す。今日は朝方に小雨が降ったこともあり、気温が落ち着いていて外もそこまで暑くなかった。雑草も過ごしやすい気候を喜ぶようにワサワサと揺れている。

「でも、話せない方が何倍もつらかった！　それで、優成君が書き起こししてくれたの見てさ、こうやって私のことを応援してくれてる人がいるなら、私が私を諦めちゃダメだなって。そう遠くないうちにいなくなっちゃうかもしれないけど、そこまでは悪あがきして楽しく生きようって思ったの」

後半の言葉が鋭く胸に刺さり、不安と悲しみでジクジクと痛む。それでも僕は、自分の行動がきっかけで彼女が明るさを取り戻したことが嬉しかった。

「いいね、前の紫帆に戻ったみたいに元気そうだ」

「えへへ、やっぱり周りも楽しませながら過ごしたいもん。もちろん、優成君のこともね」

たまに彼女からの返事にタイムラグが出てしまうけど、それでもマイクを通して、彼女と会話ができる。一学期のふたりに戻ったようだ。

「そうそう、私もマイク買ったし、アットさんの書き起こしは自分でできるよ」

「いや、それは僕にやらせて！　紫帆のためになにかしてあげたいって思って始めたことだし。それに早口のところとか、機械でも一発では書き起こせないだろうから、僕が聴き直して書くよ」

紫帆に大変なことはさせたくないし、この前みたいに彼女を励ませるようなトークやお便りをそっと差し込みたい。譲る気のない、固い決意の目で返すと、彼女は困ったような表情で頭を揺らした後、小さな声で「う……ん」と頷く。

「じゃあ、甘えちゃおうかな。優成君からあの紙の束もらったとき、本当に嬉しかったから」

「おう、任せて！」

「ふふっ、よろしくね！」

彼女の笑顔を見ると、胸の鼓動が加速するのに、一方で心がフッと落ち着く。こんな相反するようなことが同時に起こるなんて、彼女と過ごすまで知らなかった。

友達なんて簡単な関係じゃなくて、きっとそれ以上で、でもお互いそこからは踏み込まない。彼女の僕に対する気持ちは分からないけど、僕が今のつらい状況にある彼女に想いを伝えるのは、なんとなく弱みにつけ込むようでルール違反の気がして、二の足を踏んでいる。それを覆い隠すように、雑談と笑顔を積み重ねながら彼女との時間を慈しんでいた。

「この機械のおかげである程度話せるようになったし、もっとみんなと話したいって欲が出ちゃった。優成君、これからもよろしくね」

「うん、こちらこそ。またこうやって話そうね」

指切りじゃないけど大事な約束をしたタイミングで、五時間目の五分前の予鈴を聞く。紫帆に「あと五分だよ」と教えてあげると、「早いなあ！」と不貞腐れて頬を膨らませ、僕はその正直な表情を見てまた笑った。

担任の先生伝いに、放送委員会の委員長である木本《きもと》さんから呼び出されて依頼を受けたのは、ちょうどその日、十九日木曜の放課後だった。

「浅桜君にやってもらった、一学期のラジオあったでしょ？　あれがすごく評判だったのよ。文化祭実行委員会からも要望が来ててさ。蓮丈さん、だっけ？　すっごく急なんだけどさ、来月の文化祭のときに、ふたりで特別放送とかできないかな？」

「え、ふたりでですか？」

「そう。もちろん土日まるまる両日ってことじゃないよ。それぞれ二時間ずつとか時間決めてさ。で、実行委員会としては、その放送の中でオススメの企画とか紹介してもらえるとすごく嬉しいって。ほら、例年の放送委員会のアナウンスって飲食スペースとか看護室の案内しかしないでしょ？」

こんな風に声をかけてもらえるのはすごく嬉しい。でも、僕ひとりで決められる問題ではないから、一旦慎重に受け取る。

「分かりました、ちょっと蓮杖さんに相談してみます」

翌日、彼女をカフェに誘い、紙の束を渡す。昨日放送された、アットマーク放送室の書き起こしだ。

「あ、私の読まれてる！」

「そうなんだよ、ホントは昨日メッセージ送ろうかと思ったんだけど、今日のサプライズにしようと思って。っていうか送ってたの知らなかった！　教えてよ！」

「ふっふっふ、私もびっくりさせようと思って」

ラジオから離れようとしていた彼女が、ガチョウの湖としてまた投稿してくれたことがすごく嬉しかった。

【実は病気のせいで、少しの間耳がほとんど聞こえません。自分の声も聞こえないので喋ってると変な感じです。でももっと困ることがあって、新しい単語を目にしたときにイントネーションが分からないんです！　だから周りの人に、このイントネーションって牛丼とカーテン、どっちに近い?とか訊いてます】

実際に訊かれたのは僕だけど、読んだアットさんも『質問の仕方めちゃくちゃうまい！』なんて笑ってたっけ。少しの間、という言い方をしたのは、アットさんに過度な心配をかけないためだろう。彼女のささやかな気遣いが伝わってきた。

「今回も面白いお便り多いなあ」

向かいの席で楽しそうに読んでいる彼女が休憩のようにアイスティーに口をつけた

タイミングで、切り出すことにした。肩を叩くと、彼女はテーブルに置いてあった文字起こし用のマイクを僕の方に寄せてくれた。

「紫帆さ、一学期にやってたラジオあるじゃん？」

「うん、楽しかったよね！」

「実はあれの反響がすごくて……」

簡単に概要を話す。かなりハードルが高いお願いなんじゃないかと思っていたものの、予想に反して、彼女はにんまり笑って右手の親指をグッと立てた。

「すごいじゃん、文化祭実行委員会から声かかったってことでしょ？　それならやってみたいなあ！」

「ありがと。原稿しっかり考えるからさ、当日はそれ読んで――」

「ううん、いらない」

彼女は静かに首を振る。そして、まっすぐに僕を見つめた。

「一学期の放送だって、原稿とかそんなに作ってなかったでしょ？」

「でも、あれは紫帆が、その……その場である程度聞こえるからで……今回は……」

言葉を濁す僕の背中を押すように、彼女はテーブルから身を乗り出して「いいの！」と言い切った。

「一学期と同じ方法でやろうよ！　全部読むだけなんてつまらないし……それに、そんなの、私の好きなラジオじゃないから。逃げないでやりきりたいの」

彼女は、僕が書き起こした紙を指でトントンと叩いた。

「……そう、だよな。うん、じゃあ普通にやってみよう」

「そうしよう。私と優成君が本気出せば、絶対いいラジオになるよ！」

逃げないでやりきる。彼女の言葉に、僕まで力をもらった気になって、「最高のラジオにしよう」と約束した。


そこから文化祭までの三週間は、週末の模試を挟んだこともあり、本当にあっという間に過ぎていった。

三年生は一年生、二年生と違ってクラスの出し物もなく、それぞれの部活ごとに展示や喫茶店を出すくらいなので、僕と紫帆はラジオの準備に集中できた。家に帰ると、先に受験勉強の時間を取って、二十三時から一時間、原稿の時間を作り、父親のパソコンで原稿を書く。一学期にやっていたあの放送は二十分だったけど、今度はその何倍もの時間を話すことになるから、ルーズリーフに手書きでは限界があった。

しかも、ただふたりが話すことを書くだけじゃなく、実行委員からもらったオススメ企画の紹介もうまく挟まないといけない。話すのは当日勝負だけど、全体の流れはしっかり作っておかないと失敗しそうなので入念に準備する。

トークの例も入れつつ大きな流れをある程度まとめたら、それを紫帆にメールで送り、メッセージでやりとりして打ち合わせをする。

【紹介に繋ぐ流れ、いいと思う！　優成君、いいパーソナリティーになれるよ笑】

【ありがと、そんな褒められると思わなかった笑　でも、ここまでずっとふたりで話してると、聞いてる人飽きちゃうかな？】

【あ、じゃあさ、ブースの前を通った一、二年生に声かけて、自分のクラスの企画を紹介してもらうのどうかな？】

【それナイス！】

僕が楽しいように、そして彼女も楽しめるように、原稿にどんどんアイディアを書き足していく。打ち合わせを重ねるうちに少しずつ不安は減っていき、期待の方が膨らんでいった。

＊＊＊

十月五日、土曜日。天気に恵まれた文化祭初日は、朝から学校中が文字通り〝お祭り騒ぎ〟だった。

正門は装飾で彩られ、老若男女さまざまな来場者で溢れかえっている。昇降口前に配置された総合受付のテントでは実行委員の目印であるウィンドブレーカーを着た生徒が企画紹介の冊子を配っていて、昇降口では各クラスの生徒や部活の部員が我先にとビラを撒きながら呼び込みをしている。

文化祭はこんなに賑やかで楽しそうだっただろうか。去年や一昨年と印象が違って見えるのは、今年は受け身ではなく、積極的に参加しているからだろう。

昇降口の前、実行委員会本部の総合受付テントの反対側に、もうひとつのテントが用意されている。中には向かい合わせに並べられたふたつの机と椅子、そして卓上スタンドに挿さった有線マイクが置かれていた。

「んじゃ、いきますか。紫帆、よろしくな！」

「こちらこそ、よろしく！　優成君、一回噛むごとに百円ね」

「明日終わる頃には結構な金額が貯まってそうだな」

「ふふっ、打ち上げに使おうね」

ふたりで拳をコツンと合わせて、向かい合って椅子に座る。マイクのスイッチを入れ、続いてスマホからBGMを鳴らす。今頃、各教室のスピーカーが目を覚まし、オシャレなジャズが聴こえている頃だろう。

ある程度流したところで、音楽のボリュームを下げる。放送室じゃないので、ひとつのマイクで全部やらなくちゃいけない。そして、僕と紫帆でゆっくりと中央に置かれたマイクに近づいた。

「さあ、皆さん、こんにちは。今年も遂に、彩架《さいか》高校の文化祭、彩花《さいか》まつりが始まりました。今日と明日の両日、午前一時間半、午後一時間半、屋外のこちらのブースから企画紹介なども交えたラジオを放送します。パーソナリティーは浅桜優成と……」

「蓮杖紫帆でお送りします、よろしくお願いします！」

たまたま通りがかった来場者から拍手が聞こえる。「よっ！　待ってました」と声をかけてくれたのは、向かいのテントの文化祭実行委員会だろう。自然と気持ちも盛り上がっていく。

このラジオは、クラス教室や部活用の特別教室のスピーカーから直接流れるようになっている。演奏をする教室など、流さないでほしいと事前に申請のあったところはオフにしてあるので、遠慮なく話すことができた。

「僕らは今年の四月から七月まで校内放送でラジオをやっていたんですけど、思いの外評判がよかったようで、今回なんと文化祭版として特別放送をすることになったんですよね」

「そうなんですよ。私たちの昼休みのおしゃべりみたいなトークがまさか来場者の皆さんに聞かれてしまうなんてちょっと怖いですよね！　浅桜君、眠れました？　私は緊張しないタイプなんで早くに寝つけましたよ。途中で三回起きましたけど」

「全然寝られてないじゃん！　蓮杖さん、かなり緊張してません？」

「いや、これは緊張というより期待ですね。楽しみすぎて起きちゃいました！」

そこで紫帆はマイクをグッと握って、一呼吸置く。

「あ、放送が本格的に始まる前に、皆さんにひとつお伝えしておきますね」

僕にも緊張が伝播《でんぱ》し、思わず小さく唾を飲む。

「実は私……病気で八月末から耳が聞こえなくなりました。音のない世界って本当に静かで怖いんですけど、少しずつ慣れようとしているところです。今は浅桜君が話したことを文字起こしのアプリで確認しながら会話してます。途中で会話のテンポが悪くなっちゃうこともあると思うんですけど、笑って許してください。重い話ですみません、トークは軽快にやっていくつもりなので、ご期待ください！」

彼女が『自分のことをちゃんと知ってもらって、ラジオを聴いてほしい』と言って、どうしても話すと決めていたこと。それを目の前で耳にして、僕は盛大な拍手を送った。この拍手は聞こえていないと知りつつも、めいっぱい手を叩く。音は伝わらなくても、応援の気持ちだけでも届けたい。

「さて、それでは早速僕の方から、文化祭実行委員会からのオススメ企画の紹介にいきましょう。まずはステージ企画、ダンス部ですね。昨年に引き続き、体育館で朝十時半から、ステージのトップバッターを飾ってもらいます。今年ヒットしたドラマ主題歌からアニソンまで、皆さん知ってる曲を鮮やかに踊ってくれますよ！」

「浅桜君、いきなり困りましたよ。原稿ではダンスを観に行きそうな生徒を捕まえて話を聞くってことになってますけど、そもそもこの辺りに生徒がいない！　みんな昇降口や廊下で呼び込みしてるせいですね！」

近くにいた来場者から一笑い起きる。その場で反応がもらえるのは、ラジオの公開放送みたいで面白い。

「優成君、どうする？　私、ダンスを観に行く生徒のフリして話そうか？」

「サクラ役ってのはネタバレせずにやるものなの！　まあ原稿通りにいかないから生放送は面白いんだってことで、ダンスの魅力とか話そう！　そういえば蓮杖さん、バレエやってましたよね？」

「そうなんですよ！　小学校一年から始めたんですけど……」

原稿に書いたタイムスケジュールは守りつつ、内容は状況に応じて柔軟に変えていきながら、放送は進んでいく。紫帆とこうしてまたラジオができることが嬉しい。そして、こうして文化祭を盛り上げることで、紫帆と出会わせてくれた学校へも多少の恩返しができるかと思うと、胸の中がじんわり温かくなった。

「紫帆、お疲れ様！」

午前中の放送が終わり、休憩時間。彼女の肩を叩いて挨拶すると、彼女はお返しとばかりに僕の肩をポンポンと叩いてくれた。

「優成君もお疲れ！　やっぱり優成君、ラジオで話すのうまいよ。状況を見ながら話題うまく切り替えたりしてさ。すっごくパーソナリティー向いてると思う！」

「そっか、そう言ってもらえると照れるな、ありがと。午後の放送まで、三時間くらい空くね」

いつもの文字起こしのマイクを近づけている彼女に、僕は予定を訊いてみる。

「紫帆、予定ある？　予定なければ……一緒に回らない？」

「うん、ないよ。一緒に回ろ！」

「よし、どっか行きたいところある？」

「二年生のどこかのクラスがタロット喫茶やってて、行きたいと思ってた！」

実行委員会から「放送めっちゃ楽しかったです！」という労《ねぎら》いの言葉と共にもらった企画紹介の冊子を見ながら、教室を散策していく。

楽しそうに展示を見たり、出てきたスイーツに驚いたり、タロットのイマイチな結果に膨れたり。コロコロ変わる、たくさんの彼女の表情に触れられることが堪らなく幸せだ。たとえそれが、長続きしないものだと知っていたとしても。

「優成君、今行ったお店の紹介も放送に挟んでみてもいいかも！」

「あ、それいいね。午後の放送で入れよう。お互いによかった店ベスト3を紹介、みたいな」

「他のクラスが営業に来たら面白いね。ぜひうちのクラスに来て紹介してくださいって。あ、賄賂《わいろ》とか始まるかも！　この高級チョコでどうかひとつ、うちの企画をベスト3に……なんて」

「いいなあ、それ！　賄賂合戦で僕たちだけいい思いするね」

二年生クラスの喫茶店でお昼も食べた後、午後の放送に向かうために昇降口に戻る。

ラジオと教室回り、どちらも全力で堪能しながら、文化祭は過ぎていった。

＊＊＊

「皆さん、二日間本当にお疲れ様でした！　それでは後夜祭、盛り上がっていきましょう！」

「いええええええい！」

文化祭実行委員会の委員長が叫ぶと、体育館に生徒たちの声が響き渡る。

日曜日の今日は、十五時で一般来場者への公開は終了。そこから急いで最低限の片付けをし、十七時半からこの体育館に集合して後夜祭が始まった。

基本的に全員参加なので先月やった始業式くらいの人数がいるはずだけど、後ろの方がほとんど空いているのは、スタンディングでステージパフォーマンスを見るため、みんなが前に前に詰めているからだろう。

「まずは文化祭本番でも盛り上げてくれた二年生バンド、ＣＬＩＣＫ《クリック》　ＬＩＰ《リップ》です！よろしくお願いします！」

拍手の後、暗転したかと思うとパッとライトが点く。そしてギャギャギャギャとギターの音が響いた。ついＥＭＡＮＯＮのライブを思い出してしまう。

「後夜祭一発目、飛ばしていくぞおおおお！」

去年大ヒットした曲のカバーを聴きつつ、僕は紫帆の姿を探していた。体育館まではクラスのみんなで固まって来ていたものの、ちょっと遅れていくねと言って出たまま戻ってこない。

ひょっとして、と思いスマホをちらっと覗くと、予感が的中してメッセージが来ていた。

【空がよく見える場所にいるよ！】

すぐに思い浮かんだのは屋上だったけど、あそこは普段施錠されているはず。鍵を持っているとは考えにくい。

「あとは……」

ひとつ、当たりをつけて、僕はボーカルのMCを耳にしながら曲の合間にしれっと体育館を抜け出した。

「わっ、よく分かったね！　もう少しヒント出そうと思ってたのに」

満面の笑みで笑う紫帆は、中庭にいた。

彼女とは、最近よくここで話している。ベンチで隣に座るだけで、外は暗いのに、記憶はこれまで昼間に話した思い出を鮮やかに蘇らせる。

「しばらくはバンド続くっていうからさ、じゃあ聞こえないし、体育館行かないでもいいかなって。こういうときは屋上って相場決まってるんだけどね。鍵かかってるから、ここに来たの」

「ここなら昇降口開いてれば入れるもんな」

彼女は手を組んでグッと上に伸ばす。

「やー、文化祭、楽しかったね」

「うん、僕も楽しかった」

「……あっ」

そこで彼女は小さく叫ぶと、クックッと堪えきれないように笑みを漏らす。その意味を測りかねていると、紫帆はブレザーのポケットから文字起こしできるマイクを取り出した。

「優成君、なにか話してくれてた？　マイクつけてなかったからなんて言ってくれてるか分からなかった！　暗いから唇の動きもあんまり見えないし」

「あっ、そうだった、ごめん」

「でも、期待通りの反応くれてるんじゃないかなと思ってるから、そのまま話しちゃおうかな。昨日今日でいっぱいマイクに頼ったから、少しの間使わないでおきたいの」

そう言って、彼女はマイクを使わないまま話を続ける。

「ホントに、ホントに楽しかった、ありがとう。大げさに聞こえるかもしれないけど、優成君が生きる希望をくれたよ」

「……やめろって」

照れたわけじゃない。〝くれている〟じゃなくて過去形なのが、少しイヤなだけ。

でも、今の彼女にそれを伝える術《すべ》はないし、仮に伝えられたとしても、そんな風に言ってくれただけで十分嬉しかったから、野暮なことは言いたくなくて呑み込んでしまった。

「私ね、目標ができたの！　高校、卒業したいんだあ」

空を見ながら、彼女は叫んだ。一番星が、驚いたように光を強める。

「正直、そこまでは難しいかもって言われてるんだけど、欲が出てきたの。またさ、卒業記念とかでラジオやりたいなあって！　どうかな？　あ、返事ここにお願い！」

突拍子もない言葉と共に急にマイクを向けられたので、思わず苦笑しながらツッコミを入れてしまう。

「いや、僕も放送委員は年内で終わりだぞ、受験あるから」

「んっと、なになに……いやいや、優成君、文化祭でもやったんだから、特別放送くらい先生に言えば絶対オッケーもらえるでしょ」

「そこまでいくと、カップルだと思われるな」

「……えへへ、だね、カップルだと思われるね」

そうなりたい、とは言わないまま、言えないまま、冗談にして流す。

「それに、アットマーク放送室ももっと聴きたいし、もっと投稿したいしね。毎週、目で聴いてるよ。書き起こし、本当に嬉しいんだ。大変な作業させてごめんね」

「いいんだよ。僕がやりたくてやってることだから」

「よし、そろそろダンスも始まると思うし、体育館向かおっか。優成君、いつも優しくしてくれて感謝してるよ！」

紫帆は電源を切ったマイクをブレザーにしまって立ち上がる。

「好きだから、さ」

聞こえないことをいいことに、優しくする理由を口にした。

彼女が僕の気持ちを知ったら、困らせてしまうかもしれない。そして万が一、彼女も同じ気持ちでいてくれたとしても、自身の命が消えることを心底悲しむことになるだろう。

だから、言えない。聞こえないから言える。知られないことが安心で、切ない。

「優成君、ありがとね」

「ううん。また来週、書き起こしするから。投稿楽しみにしてる！　あと、卒業の夢もちゃんと叶えろよ！」

聞こえないと知りつつ返事を投げかけて後夜祭に戻り、僕たちの文化祭は終わりを迎えた。

ネタ用ノート⑥

アットさん、こんばんは。

私の友人が、ちょっと耳が聞こえづらくなっている私のために、このアットマーク放送室の内容を全部書き起こしてくれています。それがすごくすごく嬉しい！　いつも木曜日の夜、放送後に時間を使って、スマホのアプリで文字起こししたものを直してくれてるんです。本当に感謝しかありません。

アットさんのトークは文字で読んでも勢いがあって面白いですね！　それにリスナーの方のお便りは文字で読んでも笑っちゃいます。読むだけで、ラジオのあの雰囲気が脳内に蘇ってきます。

そして、私のお便りが読まれると、彼はその部分も文字起こししてくれるので、私は自分で番組宛に送ったメールと照らし合わせて、「ここちょっと違うよ」なんて答え合わせしたりしています笑

よし、これを出そう！

そういえばこの前、私の持ってるマイクでどのくらい正確にラジオの文字起こしが

できるんだろうと思って、アットマーク放送室で試してみた。そうしたらアットさんの早口の部分とか、構成作家の与一さんの笑いがかぶってるときとか、どうしても変な日本語になっちゃう。文字起こし専用のマイクでこれなんだから、優成君がスマホのアプリでやったらもっと直すところ多いはず。私のためにいっぱい時間かけてくれてるんだなあ。

あと、文字にしてみて初めて気付いた。優成君からもらうラジオのテキストには、番組になかったトークやお便りも追加されていた。怪我や病気を励ますメッセージ、学校や会社で頑張ってる人からのお便り、それに対するアットさんからのエール。そういうもの全部、優成君が付け足してくれてた。その優しさを知ったときに、泣いちゃいそうだった。

ありがとう。一緒に文化祭でラジオができることが、本当に嬉しい。

大好きな君と一緒に。

第七章　きっと聴いてくれている君へ

「紫帆、さっき大丈夫だった？　英語の間、ずっと寝てたみたいだけど」

　肩を叩いて、マイクを用意してもらってから話しかけると、紫帆は文字を見てゆっくり首を振った。

「ああ、ううん、ちょっとしんどかったかな。なんか疲れやすくて、寝ちゃってた。声が聞こえないってのも眠気を誘う要因かもね。英語の安井《やすい》先生の喋りは聞いてても眠くなってたけど」

　そう言って笑い話にしてみせるが、彼女の目にはクマができ、唇の血色も芳しくない。その笑顔には、疲れがありありと見えた。

　後夜祭のときに『卒業したい』と目標を持って、気力を取り戻したように思えた紫帆だったが、十一月に入ると徐々に元気がなくなってきた。休み時間も机にいることが多くなったように思う。クラスのみんなも心配しているけど、これが脳の病気のせいで、余命が幾許もないということは、紫帆は未だに秘密にしている。そして、唯一知っている僕から見たときに、彼女の命が細く、短くなっていることは明らかだった。

「優成君、ごめん。今日病院だから先に帰るね、明日はもしかしたら、学校来られないかも」

「ん……分かった」

「また元気になったらあそこのカフェ行こうよ。今さ、新作のスイーツで、パンプキンのマドレーヌ出てるでしょ？　めっちゃ気になってたんだよね！」

「おう、行こうな！」

そして翌日、彼女は予言していた通り、学校に来なかった。クラスメイトは耳の不調だろうと思って気にも留めていないのが、なんだか悔しくて切ない。かといって皆に言うわけにもいかないから、ひとりでモヤモヤを抱え込む。

紫帆がいないと学校が随分つまらなく感じてしまう。明日登校してきたら、今日起こったことをたくさん話そう。

しかし翌日の朝、彼女からは【ごめんね、今日もちょっと病院にいることになった！】と連絡が来た。会えると思ってたのに会えないのがこんなに寂しいなんて。

【入院してるの？　お見舞い、行ってもいい？】

気が付けば僕は、休み時間にメッセージを送っていた。

放課後、僕は【ホント……？　遠いけど、もし来れるようなら待ってるね！】というメッセージと共に送られてきた病院の住所に向かっていた。彼女の家からそう遠くないところにあるらしい。いつもと反対方向の電車に乗ることにやや緊張しつつ、これが彼女が帰るときにいつも乗っていた電車だと思うと、なんだか嬉しくも思えた。

「ここ、か」

降車駅のロータリーから延びる通りを歩き、十字路を曲がってすぐに見えた大きな建物に、思わず息を呑む。普段行かないような規模の病院に通っているというだけで、彼女の病気の重さを実感してしまい、悪い想像を払拭するように首を振った。

「お見舞いの方はカードにご記入ください」

受付で訪問カードに記入し、窓口に提出すると、病室の番号の書かれた許可票をもらえた。入り組んだ通路を幾度も曲がり、エレベーターで三階に上がって、彼女の病室に向かう。

ドアの前で、彼女の耳に届かないノックをしてから部屋に入る。ふたりが入院できるようになっている相部屋の病室。手前では二十代くらいの女性が眠っていて、紫帆は奥のベッドで体を起こしていた。僕が来ると連絡が来ていたのか、部屋に入った瞬間から目が合い、一生懸命に手を振っている。

彼女を見た瞬間、胸がグッと締め付けられるような気分になった。ナースコールのボタンが見えるベッドで、ピンクのパジャマで座っている彼女が〝病人〟そのものだったから。彼女が病魔に冒されていることがあまりにもはっきりと分かってしまい、僕は必死に動揺を隠して挨拶する。

「ひ、久しぶり」

僕の唇の動きで言っていることが分かったのか、彼女は「久しぶり！」と返事をした後、いつもの文字起こし用のマイクを取り出す。

「うん、丸二日ぶりだけど、なんか随分会ってなかった感じがする！」

「……すぐ、戻ってこれそうなの？」

一番訊きたかった質問を直球でぶつけると、彼女はその笑顔を微かに曇らせた。

「んー、分かんない。明日には行けると思うけど、その後毎日登校できるかは……ちょっとだけ怪しいかもね」

「そっか……」

その『ちょっと』がどれくらいか分からないけど、こうして会えない時間が徐々に減っていることが、彼女とのお別れの準備のようで、消化しきれない恐怖が叫び声になって口から飛び出そうになるのを堪える。

「あ、これ、お土産。食べ物って持ってきても大丈夫だった？」

「うん、大丈夫だよ！　どれどれ……わっ、パンプキンのマドレーヌだ！」

ブルーのビニール袋から取り出した濃い黄色のマドレーヌを、彼女は嬉しそうに色んな方向から眺めている。気になると言っていたので、ここに来る前に店に寄って買ってきたものだ。

「食事は普通に食べられるから差し入れ嬉しいよ、ありがと！　ふふんっ、今日のデザートに食べちゃおうかなあ」

紫帆は上機嫌にベッドのヘッドボード部分にマドレーヌを置く。少し幅を持たせたスペースで、スマホや筆記用具くらいの簡単なものが置けるようになっていた。

「あ、あとこれ、昨日のアットマーク放送室の書き起こし」

「うわっ、いつもありがと！」

「今回は僕のお便りも読まれたよ」

「ホント？　早速そこだけ読んじゃおうっと」

期待に満ちた目で、僕の渡した紙をパラパラと捲る。いつもはその横顔を見ているのが嬉しいのに、今日は心が晴れない。

会話のテンポがズレるのはいつものこと。画面を見ながら会話する彼女と、マイクが音をきちんと拾えるようにゆっくりはっきり話す僕。以前のように話せなくても仕方ない。でも、もう今までのように毎日学校で顔を合わせることはできなくなっていくのだ、という現実を強く意識してしまった。

このまま病院にずっといることになったら？　起き上がれなくなったら？　笑えなくなったら？　排除しようと思っても次々と後ろ向きな思考が襲ってきて、脳内にネガティブな想像が巣食う。

それでも、逃げずに彼女と一緒にいたい。彼女だって僕の何倍もつらいはずだから、なにもできなかったとしても、そばで見守りたい。そう自分自身を奮い立たせ、彼女の見えないところでグッと拳を握った。

「今回の優成君の受験生あるある面白いね！　続編たくさん作れそう！『友達の持ってる参考書の方が良さそうに見える』とか」

「お、それいいいな。なんか今みたいな、受験生の友達同士のあるある集めたいね」

「うん、面白いと思う！　あと、アットさんのこういうメッセージ、やっぱり好きだなあ。『大変なことがあっても、このラジオで吐き出せばいいや、と思って乗り切ってほしいね。僕がそういうタイプだから。失敗しても怪我しても、ラジオのネタになったと思えばいいかって考えるとちょっと気持ちが持ち直すんだよね』だって。私も入院生活あるあるとか投稿しようかな！　お風呂の湯船がすっごく恋しくなるとか」

「うはは、それは確かにあるあるだな」

彼女が共感してくれたアットさんの話は、僕がこっそり加筆したところだ。少しでも響いてくれたなら嬉しい。

その後も他愛もない雑談をしているうちに、空から暗い暗い夜が舞い降りてくる。十一月に入ってからは本当に日が短くなって、彼女との面会を早く終わらせろと急かされているようだった。

「じゃあ紫帆、また来るね」

「うん、待ってる！　優成君、気を付けて帰ってね！」

立って見送ろうとする彼女を「ここでいいよ」と制し、僕は病室を後にする。開けると自動で閉まる引き戸がガタンと閉じる直前まで、彼女はずっと手を振り続けてくれた。

そこからの紫帆は、週の半分は学校に来て、残り半分は病院にいるという生活になった。そして僕は、会えない時間が続かないよう、毎週一回はお見舞いに行くようにした。

一緒に行っていたカフェの焼き菓子と、アットマーク放送室の書き起こしをお土産に病室を訪れる。なるべく定期的に彼女と会いたかったし、あわよくば、〝明日にはお土産が手に入る〟なんて期待で体調もよくなってほしいと思っていた。

「笠井《かさい》さんが心配してたよ、耳の病気にしては休みすぎじゃないかって」

「確かに、別の病気疑われちゃうよね。あるいは人工の耳をつけるとか思われてるのかな。ロボットみたいに一キロ先で小銭を落とした音も拾うとか」

「いやいや、逆に毎日うるさくて仕方ないでしょ、そんなの」

楽しそうに笑い話に興じ、時折僕にツッコミも入れる。そんな、これまでと全く同じように見える紫帆の頬はしかし、ほんの少しこけたように感じられる。もともと華奢《きゃしゃ》だったけど、こんなに細かっただろうか。画像の一部だけ徐々に変化していく動画のクイズのよう。紫帆は、会うたびに少しずつ痩せていっている。

「みんなに打ち明けてもいいけど、余計心配させちゃうもんね。えへへ、余命何ヶ月か分からない友達とか、まるで映画の世界だもん」

「そう、だよな」

なにかをごまかすように笑う彼女に、僕も無理やり口角を上げて相槌を打つ。お伽噺《とぎばなし》の世界でもないのに、〝余命〟という言葉を使えば使うだけ、その期間が短くなってしまうような妄想に駆られ、不安で胸が押し潰されそうになる。そして、彼女がその言葉を使い慣れていくのも、消えていくことを受け入れているようで悲しかった。

だから、これは僕の、ただのわがまま。

「……紫帆、使わないで」

「え？　なにを？」

「余命とか、あと何ヶ月とかって、なるべく使わないでほしい」

「……うん、分かった。約束する。ごめんね、不安にさせて」

ううん、と僕は首を横に振る。そのまま、血色のよくない手を差し出してきた彼女と右手の小指を絡める。僕の駄々を聞いてくれた彼女と、長い長い指切りをした。

なかった。

＊＊＊

月日があっという間に流れ、師走《しわす》に入った。

僕は志望校も決め、受験勉強も本格化していったけど、紫帆のお見舞いは欠かしていない。週に三回だった彼女の登校日は週二になり、いつ週一になるかと気が気じゃなかった。


十二月十六日、月曜日。放課後、家と反対方向の電車に乗って、彼女の病院に向かった。羽織ったチェスターコートを吹き飛ばすように冷たい風が吹きすさぶ。このまま北風と太陽の童話のように太陽が照らして暑くなれば嬉しいけど、気温はどんどん下がり、病院の最寄り駅から見える街路樹が寒さに涙するように硬そうな葉をハラハラと落とした。

受付で名前を書き、許可証をもらう。毎週やっていると顔を覚えられて窓口の人に挨拶される。頻繁に彼女と会えている証ではあるものの、本当は記憶されないくらい短い時間で彼女が退院できる方がよかったのに、と複雑な思いを抱きながら、三階に向かった。

「あ、優成君」

横になってドアを見ていた紫帆は、僕が入ってくるとゆっくり起き上がって、マイクを用意しながら手を振ってくれた。前はずっと起きていたのに、最近は横になっていることが多い。そんな小さなことが、不安の粒になって胸に溜まっていく。

「金曜日にもらった書き起こし読んだよ。アットさんのサッカー観戦エピソード、面白かった」

「そうそう！　ビール注文する途中でサイン求められたシーンがベストだった！」

「うん、私もそこで笑っちゃった」

話していても、彼女の声が少し小さくなったように感じてしまう。気のせいじゃなければ、彼女の声に先月までの明るさがなくなっている。目もクマができて、顔色も悪い。目の前の彼女から生気が減っていることを実感して、寒空の下を歩いてきたときよりも体が震える。

一緒の部屋で入院していた女性はいつの間にかいなくなっていた。どこに行ったんだろうか。今もどこかに、みんなが見つけられる場所にいるのだろうか。怖くて、ついぞ行方を聞けないままでいた。

「なんか最近、お便り投稿できてないなあ。夜に書こうと思ってるんだけど、疲れちゃってね」

「そっか、僕は今日また投稿しようと思ってる！　読まれるか楽しみにしてて！」

僕が溌剌《はつらつ》としていなきゃ。そう考えて声にも力が入る。彼女に聞こえない大声になって病室の中をやけに反響した。

「……ねえ、優成君」

「どした、紫帆？」

雑談を続けて小一時間。そろそろ帰ろうかというときに、紫帆が僕の名前を呼んだ。彼女から話しかけてくるなんて、最近では滅多にない。

「この前さ、余命って言葉使うなって言ってくれて、ありがと」

その言葉に、口を閉じる。なんの音もないこの部屋で、僕も彼女と同じように、静寂に包まれていた。

「無意識のうちに使って、受け入れようとしてたんだなあって。だから、あんな風に言ってもらって嬉しかった」

どんな綺麗な言葉を並べて返事をしようか考えたけど、すぐに止めた。正直に言ってくれた彼女に、僕も正直に返すだけだ。

「悲しくなった、っていうのもあるけど、僕はまだ諦めてないからさ」

「……なにを？」

「毎日学校来ること。今からでも受かるところ探して合格して、卒業式出るんだろ？　卒業前にラジオやるんだろ？　僕はまだその予定でいるから」

彼女は液晶に映った言葉を読んだ後、バッと僕に顔を向ける。その目に涙が浮かんでくるのに気付くまで、時間はかからなかった。

「ありがと……優成君、ありがとね。私、頑張るから。私も諦めないから！」

「おう！　とりあえず来週はクリスマスだろ？　学校でも、ここでもいいから小さくお祝いしような」

「うん、そうする！」

僕は紫帆ともう一度指切りをして、「紫帆、またな」とバッグを背負う。病室を出るとき、彼女は今までこの部屋で聞いた中で一番大きな声で「優成君、またね！」と挨拶してくれた。

十二月二十日、金曜日。例年だと週明けまで学校があるけど、今年は校舎の一部リフォームが入るらしく、例年より少し早く、明日から冬休みだ。

昨日のアットマーク放送室で、僕のラジオネーム、エース君の投稿を読んでもらえた。最近よく読んでもらっている受験生あるあるシリーズが好評だったおかげで、今回の続編もアットさんに笑いながら読んでもらい、そのうえ『他の受験生あるあるも集めよう！』とメール募集が始まったのだ。

自分のアイディアが一つの企画になって番組を動かす。それがものすごく新鮮で、感動した。寝ているかもしれないと思って連絡しなかったけど、リアルタイムで彼女がメール投稿してくれたらどんなに嬉しかっただろう。

【宣言通り、昨日お便り読まれた！　しかもそれきっかけで受験生あるあるのメール募集とか始まった笑　書き起こし楽しみにしてて！】

朝メッセージを送ったけど、終業式が終わっても返ってこない。これまでは起きたら一番に返信をくれていたのに、二度寝したのだろうか。今日は一層寒さが厳しいから、それも仕方ないかもしれない。

お昼前に終業式が終わり、冬休みに突入して家に帰る。休みといったところで、受験勉強を重ねているうちに年を越して、始業式になるだろう。塾には通わず通信教育だけやっていたけど、年末までは二次試験の英語と共通テスト対策に特化した冬期集中講習に通う予定だ。

「ふう……」

制服のままベッドに突っ伏し、ニュース通知だけが流れてくるスマホの画面に目を遣る。彼女にもう一度メッセージを送ってみようかとアプリを開こうとしたそのとき、バイブが震え、液晶に『蓮杖紫帆』と表示された。

慌てて起き上がり、ロックを解除して、メッセージを確認する。

【紫帆の母です。いつも見舞いに来ていた、優成君ですよね？】

「……え、あ……えっ」

言葉にならない音が口から漏れる。これは、なんだ。なんで紫帆のお母さんが送ってきてるんだ。

震える手で【そうです。紫帆さんは大丈夫ですか】とだけ送り、返事を待つ。

一分、二分がやけに長く感じられるけど、心臓が音を立てていて、画面を離れられるような状態にない。何度も何度も画面を見ながら、紫帆さんじゃなくて蓮杖さんにすべきだったかな、なんて些末《さまつ》なことを省みていた。

他のアプリのダイレクトメッセージみたいに、相手が打っていることが分かるといいのに。そんなことを考えていると、遂に返信が返ってきた。

【娘は今朝方《けさがた》、息を引き取りました】

スマホを床に落とす。その後もバイブが幾度か鳴り、お母さんから連絡が来ていたようだけど、読む気にも、返信する気にもなれなかった。

＊＊＊

「優成、ご飯は？」

「いい」

呼びに来た母親に一言だけ告げて、追い払う。ドアも開けない。

紫帆の死を知ってからもうすぐ一週間が経つ。クラスにお通夜の案内が来たものの、冬休みということもあり任意参加だった。色んな人と仲良く話していたからほとんどのクラスメイトが来ていて、泣いてる子も多かったけど、そのときのことはよく覚えていない。形式的な儀式に感じてしまって、現実味もなくて、涙は出てこなかった。自分はこんなにドライだったのだろうか、と心配になるほどに。

まだ実感がない。冬休みだから会えないだけで、また年が明けたら会えるんじゃないか。今年の頭、ノベルティを見せてもらったように、またベストリスナー賞をもらって自慢げに見せてくれるんじゃないか。あの日から、まだ一年も経っていない。

どうにもならないふわふわとした気分を抱えたまま、毎日体だけ塾に持っていく。集中力は全くないけど、時間を計られてテストをし、講師の話を書き取りながら勉強して過ごすのは、余計なことを考える余白がないから楽だった。

今日も、塾から帰ってからは特にやることもなく、机の前でただただ時間を浪費して夜が深まっていく。

「あ……始まる」

深夜一時。毎週の習慣で、スマホのラジオアプリを起動した。

時報音、続いてトランペットやサックスのBGMが流れる。そして、飽きるほど聴いたタイトルコール。

『今日も一日お疲れ様でした。阿取圭司の、アットマーク放送室！』

最近はイヤホンをつけていなかったけど、今日はつける。なにも考えずに、音に呑み込まれていたかった。

『年内最後の放送ですね。去年はベストリスナーを発表しましたけど、今年はいったんお預けということで年明け一発目に発表しようと思います。その代わりに今日はこちらを。阿取が行った今年の旅行先、思い出ベスト3、ワースト3！』

今年の旅行に纏《まつ》わるフリートークを振り返りながら、そのときのエピソードの裏話や後日談を話す。

アットさんの話はやっぱり面白い。でもふたりで聴いていたら、もっと面白かったのに。どこかで聴いてるんじゃないか、なんて性懲りもなくまた想像してしまう。

やがて、番組はお便りコーナーへと移った。常連リスナーの投稿が次々と読まれていく。僕のは読まれることはない。毎週出していたけど、この一週間はそんなことをする気力は消えていた。

イヤホンの向こうで、アットさんが「次は……」とお便りを選んでいる。

『結構久しぶりですね。ガチョウの湖さんからです』

「え？」

思わず自分の耳を疑う。今、確かに、聞き覚えのあるラジオネームが読まれた。

『家庭の都合でしばらく聞けなくなるようなので、いったん最後のお便りだそうです。寂しくなりますね、またいつでも戻ってきてください』

間違いない、紫帆だ。

彼女が亡くなったのは先週金曜朝のはず。水曜に投稿したら先週の放送で読まれているかもしれない。だから、これはきっと先週の木曜午後か深夜、あるいはひょっとしたら金曜日の明け方、息を引き取る直前に病室から投稿した、最後のお便りだ。


【アットさん、こんばんは。今日でしばらくこのラジオともお別れになりそうです。リスナーになって四年、投稿し始めてから三年、あっという間だったなあ。お便りを出し始めた中学三年生の頃を思い出します。あの日から今日まで、私は投稿するときに、いつも心の中でひとりの男子を思い浮かべていました。

中学二年のとき、私は病気でバレエの道を一度断たれて、三年生になったばかりのタイミングでもうバレエを再開することはできないと医者に言われました。本当に悲しくて、悔しくて、毎日消えてしまいたいと思いながら、気分を紛らわすために校庭を散歩していたとき、とても楽しそうにサッカーをしている男子を見つけました。始めは「サッカー好きなんだなあ」という感じで見てただけだったけど、たまたま彼が練習の休憩中に友達と話しているのを耳にしたんです。その雑談が面白くてつい笑っちゃって、その日からは練習もその雑談も楽しみに散歩してました。

そんな中で、一度だけ彼が話しかけてくれたことがあるんです。放課後、ちょうどサッカー部に近づいたタイミングで彼の休憩が重なって、彼のチームメイトが『なにしてるの？　最近よく歩いてるよね？』って感じで私に声をかけてくれました。私、気が動転しちゃって、『ずっと続けていたバレエができなくなって、この先何を目標にして生活していったらいいか分からない』って正直に話しちゃいました。そしたら、それまでストレッチしてた彼が私の方を見て言ってくれたんです。『しんどくても、どんなに道が曲がってってもさ。前にさえ進めば、新しい景色が開けるかもしれないから』

スッと胸に浸みました。それで、前に進んで新しいことやってみようと思って、当時聴いてたこの番組にお便りを送り始めたんです。一ヶ月くらいして、〝部活レギュラー君の生態〟ってテーマでサッカー部の彼のことを送ったら、アットさんに読んでもらえました。そこから学校の面白い人を取り上げてたくさん読まれるようになり、すっかり常連リスナーになりました！　そのきっかけの言葉やエピソードをくれた彼は、実は今、この番組のリスナーです。私が最初に読まれたお便りの元ネタであることも知らないし、投稿するきっかけになった会話も覚えてなかったみたいなので、ここで初めて打ち明けます笑】

外に音が漏れ聞こえそうなほど、心臓が脈を打つ。彼女が人気リスナーになったきっかけが僕だったなんて知らなかったし、部活の休憩時間に彼女に話した内容も覚えてない。でも、当時はサッカーで壁にぶち当たることも多くて、そのたびに自分にそう言い聞かせていたから、きっと無意識のうちに言葉に出ていたのだろう。

【その彼は、推薦でサッカー強豪校に進む予定でした。プロになれるんじゃないかって評判も聞いたことがあったけど、秋に事故で怪我をしてしまい、私と同じように夢が潰《つい》えました。私と一緒、でも、防げた事故だとしたら、自分をずっと責め続けてしまうでしょう。そういう意味では私よりしんどいかもしれません。

バレエをいったん忘れて心機一転頑張るために同級生があまり行かなそうな高校を選んだ私は、推薦は諦めて希望じゃない進路に進んだ彼と、偶然一緒になりました。一方的に彼のことを気にかけていたので、一年生の球技大会でバレーで一緒になった彼が審判にサーブを当てる面白ミスをしたこととか、全部知ってます笑でも、高一で廊下ですれ違ったときも、高二から同じクラスになったときも、彼はいつも退屈そうで、寂しそうでした。私と同じように捨てたくない夢を捨て、つらい日々を送る彼が、どんなことを書いたら笑ってくれるだろう。中三の冬から高三の今まで、いつもそう考えて投稿していました。本人からしたら全然意識してないことだろうけど、私がしんどかったときに前を向かせてくれた彼に恩返しがしたくて】

彼女は、中学三年のときからずっと僕を見てくれていた。僕に恩返しなんかいらなかったのに。それでも、そんな君に助けられた。

【高二の冬、この番組のノベルティを見た彼が私にアットマーク放送室の話題を振ってくれました。そこからよく話すようになって、一緒にお便り投稿したり、色んなところに行ったり、本当に楽しかったです。

三年生になって、ちょっと病気の影響で耳が聞こえづらくなった私が学校で楽しく過ごせるように、彼は校内放送でラジオをやってくれました。中学のサッカーと全く違うフィールドだけど、活き活きしていて……誘ってくれたので、私もパーソナリティーの相方として一緒に参加しました。私と一緒にいた時間が、少しでも彼にとっての楽しみになってたら嬉しいなあ】

そこでアットさんは大きく一息つき、再び口を開いた。

『……えっと、この続きのメッセージは、手書きのポストカードでもらってます。前にこの番組でも話した、びっくりデザイン展の、ジューシーサリフっていうレモン絞りが載っているポストカードですね』

あの時に買ったお土産だ。僕は机に座ったまま、左奥のインテリアを置いてあるスペースを見た。一緒に買った、使えそうにない箸置き。

アットさんがびっくりデザイン展の話を少し膨らませている間に、スマホのアルバムを開く。当時の写真を探そうと思ったけど、撮影していなかった。代わりに見つけたのは、ひとつの動画。ＣＤショップに行ったときに、隣でヘッドホンをつけながら、自分で歌っているフリをしておどける紫帆の姿が映っている。元気な彼女が、僕の方を見て笑っていた。

もっと写真を撮影しておけば良かった。動画を撮っておけばよかった。彼女がいなくなることがどういうことなのか、どれだけ寂しいのか、僕は全然分かっていなくて。生きているときの姿を、もっと、もっと、残しておけばよかったのに。図々しく、撮らせてっていっぱいお願いすればよかったのに。

同じ時間に、椅子に座りながら同じ番組を楽しそうに聴いている彼女を想像する。

彼女はもうどこにもいない。もう、二度と会えない。

『こんな風に最後に手書きでもらうと、切なくなりますね……では、読みます』

心なしか、アットさんの声が揺れている。それは、呼吸をするたびに息が大きく揺れている僕と似ていた。


【きっと聴いてくれている君へ。いつもありがとう。学校で話しかけてくれて、仲良くなってくれてありがとう。

あと、今さらかもしれないけど……私は多分、ううん、間違いなく、君のことが大好きでした！

私を色んなところに連れていってくれてありがとう！　ライブ、海、花火、バレエの舞台、そして一緒にやったラジオ、色んな音を聴かせてくれてありがとう！　中学のときの私に、前に進む力をくれてありがとう。

これを聴いてくれた君から、告白の返事を、君の声で聞けないことが、一番の心残りです】

お便りは、感謝の言葉と告白で締められていた。

僕は、イヤホンを外す。

「お礼を言うのはこっちだよ……ふっ、うっ、うう、こっちなんだよ……」

それ以上は言葉にならない。止まりそうにない涙が、手の甲を濡らす。

君に、君と同じだけの、いや、それ以上の感謝を伝えたい。

仲良くしてくれてありがとう。色んなところに一緒に行ってくれてありがとう。色んな音を一緒に聴いてくれてありがとう。去年の僕に、前に進む力をくれてありがとう。君との思い出が、これからも僕を前に進ませてくれる気がするよ。

「ありがとう、紫帆……ありがとう……」

泣きじゃくって随分かっこ悪いけど、僕もひとつだけ、今さらなことを。

「……僕も！　間違いなく！　君のことが大好きでした！」

もうどうやっても君に届かないことが心残りで、それでも、声の限り叫んだ。

ネタ用ノート⑦

このノートも、ひょっとしたらいつか、優成君が見ることがあるのかな。
そしたら、ここにひとつだけ、秘密を書いておこうと思います。

後夜祭のとき、多分「好きだから」って言ってくれたの、口の動きで分かってた！
たまたま後ろ振り返ったら見えたんだよね。まだ空が暗くなりきってなかったし、
ずっと外にいたから目が薄暗いのに慣れてたんだと思う。
すっごく嬉しかったなあ！　恥ずかしかったし、勘違いだったらもっと恥ずかしい
から返事できなかったけど。

あれのおかげで、最高の文化祭になったよ。百点中、九十九点！
ちゃんと優成君の声で聞けたら、百点満点だった！

優成君、もしこれを読んだら「知ってたんかい！」って笑ってください。
知ってたよ！　ずっと、いつか聞きたいなって思ってたから、あのときすぐに分
かったんだ。

エピローグ

「じゃあ優成さん、まもなく本番です！」

すっかりビルの外が夜に包まれた放送局のブース。ディレクターからキューが入り、僕はマイクに顔を近づける。

「今日もよろしくお願いします。浅桜優成の、You Say Hello！」

BGMが流れ、音が絞られた後に、フリートークを始めていく。

「実は今日がちょうど、僕の二十八歳の誕生日なんですよね！　はい、ありがとうございます、プレゼント絶賛受け付け中です！」

大学でも放送研究会に入った僕は、インターンとしてラジオ局で働き、その縁あってラジオパーソナリティーになった。人生、思わぬきっかけで進路が未知の方向に変わるものだな、とつくづく思う。

高三から今年で十年。彼女と離れてから、十年だ。

「さて、今回も高校生からお便り来てますね」

この番組のメインターゲットは学生。もちろん社会人からも来るけど、必ず学生のお便りを読むようにしている。

パーソナリティーに興味がないかと聞かれたとき、自分が全国に向けて話すなんて無理だと始めは断ったけど、真剣に悩んだ結果、引き受けた。匿名で送られてくる悩みに向き合ってメッセージを伝えることで、あの頃の自分たちと同じように、困って、迷って、悩んでいる人の力になりたかったから。サッカーでは無理だったけど、ラジオを通して、誰かに元気や勇気を与えられるかもしれないと思ったから。

　そしてもうひとつ。十年前の文化祭のとき、誰かさんが、パーソナリティーに向いてると思う、と褒めてくれたから。

「――魔法のトランプさん、悩みを聞かせてくれてありがとう。今、大変だと思う。でも正直に言えば応援はしたくないんだよね。もう十分つらい思いしてるから。だから、無理に足掻《あが》かなくていい。耐えながら、ゆっくり進めばいいよ。しんどくても、どんなに曲がり道でも、前にさえ進めば新しい景色が開けるかもしれないから」

　自然と声が大きくなるほど真剣に語った後、CMを挟んで、待ち望んでいた特別企画に移った。

「はい、今日は僕の誕生日スペシャルということで、スペシャルなゲストをお招きしています。大先輩で、そして……僕と、僕の大切な、今でもずっと大好きな人を繋いでくれた方です。アットさん、こと阿取圭司さん！」

「どうも、こんばんは！」

　ねえ、紫帆。君がどんな顔で耳を傾けてくれているか、想像しながら話してるよ。

　今日も君に、この声が、届きますように。


〈了〉

あとがき

本作を手に取ってくださりありがとうございます、六畳のえるです。新作、いかがでしたか？　楽しんでいただけましたか？

今回のテーマは「深夜ラジオ」です。私自身、今でもSNSの機能で真似事の放送をするくらいラジオが好きなので、企画案の一つとして出したところ、担当編集の井貝様も深夜ラジオが好きということで盛り上がり、このような形で出させていただけることとなりました。

私のラジオとの出会いは中学です。好きなアーティストがAMで番組を持っていて、それを聴き始めたのがきっかけです。音楽からは想像できない彼らの素のトーク、スタッフとの内輪ネタもあるワイワイした空間、いつも面白いネタを提供してくれるリスナー……その雰囲気が大好きになり、そこから色々な番組を聴くようになりました。

マイナーな趣味なのでクラスでは話題にできない。でも、共通の趣味の人と、週に一回、同じ空間で会える。そういう関係ってすごく素敵じゃないかな、と思いながらこの作品を練り上げていきました。聴覚も、そして命も奪われようとしていく中で、それでも前を向こうとする紫帆と、ラジオを通して彼女に出会い、寄り添っていく優成。二人の物語が少しでも心に残ったなら、これ以上嬉しいことはありません。

最後に、謝辞を。本作を出版するにあたって、多くの方々に多大なお力添えを頂きました。まずは編集の井貝様。深夜ラジオ好きという共通の話題からここまで作品を膨らませることができたのは、間違いなく井貝様のご協力あってこそです。次に、装画を担当頂いたイラストレーターのメレ様。好きなアーティストのＭＶなどでお名前も絵柄も存じ上げていたので、今回担当して頂けると聞いて「メレさん？　マジで？」となりました。表紙の紫帆の表情、とても素敵です。宝物です。

そして、改稿にご協力くださった妹尾様、いつもくよくよしがちな自分を支えてくれる作家仲間の皆さん、大事な友人や大切な家族……たくさんの人とのご縁で、この本はできあがりました。また美味しいお酒でも飲みましょう。

何より、この作品をお読みいただいた皆さん。皆さんが楽しんでくれるからこそ、フラフラと覚束ない運転ながら、作家を続けることができています。本当にありがとうございます。

それでは、また次の作品でお会いできることを祈りつつ、いつも聴いてるラジオ番組がもうすぐ始まるのでイヤホンを嵌めます。

六畳のえる

この物語はフィクションです。実在の人物、団体等とは一切関係がありません。

六畳のえる先生へのファンレターのあて先
〒104-0031　東京都中央区京橋1-3-1　八重洲口大栄ビル7F
スターツ出版（株）書籍編集部 気付
六畳のえる先生

僕の声が永遠に君へ届かなくても

2023年12月28日　初版第１刷発行

著　者　　六畳のえる　

発 行 人　菊地修一
デザイン　フォーマット　西村弘美
カバー　長﨑綾（next door design）
発 行 所　スターツ出版株式会社
〒104-0031
東京都中央区京橋1-3-1　八重洲口大栄ビル7F
出版マーケティンググループ　TEL 03-6202-0386
（ご注文等に関するお問い合わせ）
URL　https://starts-pub.jp/
印 刷 所　大日本印刷株式会社

Printed in Japan

ISBN　978-4-8137-1518-4　C0193

スターツ出版文庫　好評発売中!!

『青に沈む君にこの光を』

退屈な毎日に息苦しさを抱える高一の凛月。ある夜の帰り道、血を流しながら倒れている男子に遭遇する。それは不良と恐れられている同級生・冴木だった。急いで救急車を呼んだ凛月は、冴木の親友や家族と関わるようになり、彼のある秘密を知る…。彼には怖いイメージと正反対の本当の姿があって——。(「彼の秘密とわたしの秘密」汐見夏衛) 他、10代限定で実施された「第2回 きみの物語が、誰かを変える。小説大賞」受賞３作品を収録。10代より圧倒的支持を得る汐見夏衛、現役10代作家３名による青春アンソロジー。

ISBN978-4-8137-1506-1／定価660円（本体600円+税10%）

『君がいなくなるその日まで』　永良《ながら》サチ・著

心臓に病を抱え生きることを諦めていた高校２年生の舞は、入院が長引き暗い毎日を送っていた。そんな時、病院で同じ病気を持つ同い年の男子、慎に出会う。辛い時には必ず、真っ直ぐで優しい言葉で励ましてくれる慎に惹かれ、同時に明るさを取り戻していく舞。しかし、慎の病状が悪化し命の期限がすぐそこまで迫っていることを知る。「舞に出会えて幸せだった——」慎の本当の気持ちを知り、舞は命がけのある行動に出る。未来を信じるふたりに、感動の涙が止まらない。

ISBN978-4-8137-1505-4／定価660円（本体600円+税10%）

『夜を裂いて、ひとりぼっちの君を見つける。』　ユニモン・著

午後９時すぎ、塾からの帰り道。優等生を演じている高１の雨月は、橋の上で夜空を見上げ、「死にたい」と呟いていた。不注意で落ちそうになったところを助けてくれたのは、毎朝電車で見かける他校の男子・冬夜。「自分をかわいそうにしているのは、自分自身だ」厳しくも優しい彼の言葉は、雨月の心を強烈に揺さぶった。ふたりは夜にだけ会う約束を交わし、惹かれあっていくが、ある日突然冬夜が目の前から消えてしまう。そこには、壮絶な理由が隠されていて——。すべてが覆るラストに、心震える純愛物語。

ISBN978-4-8137-1507-8／定価660円（本体600円+税10%）

『龍神の100番目の後宮妃～宿命の契り～』　皐月《さつき》なおみ・著

天涯孤独の村娘・翠鈴は、国を治める100ある部族の中で忌み嫌われる「緑族」の末裔であることを理由に突然後宮入りを命じられる。100番目の最下級妃となった翠鈴は99人の妃から虐げられて…。粗末な衣装しか与えられず迎えた初めての御渡り。美麗な龍神皇帝・劉弦は人嫌いの堅物で、どの妃も門前払いと聞いていたのに「君が宿命の妃だ」となぜか見初められて——。さらに、その契りで劉弦の子を身籠った翠鈴は、一夜で最下級妃から唯一の龍姫に!?　ご懐妊から始まるシンデレラ後宮譚。

ISBN978-4-8137-1508-5／定価693円（本体630円+税10%）

スターツ出版文庫　好評発売中!!

『またね。～もう会えなくても、君との恋を忘れない～』　小桜《こざくら》菜《な》々《な》・著

もうすぐ高校生になる菜摘は、将来の夢も趣味も持たないまま、なんとなく日々を過ごしていた。そんな中、志望校の体験入学で先輩・大輔と出会い、一瞬で恋に落ちてしまう。偶然の再会を果たしたふたりの距離は、急速に近づいていって…。別れ際の大ちゃんからの“またね”は、いつしか菜摘にとって特別な言葉になっていた。そんなある日、両想いを夢見る菜摘の元に彼から、“彼女ができた”という突然の知らせが届いて…。切なすぎる恋の実話に涙が止まらない‼

ISBN978-4-8137-1482-8／定価704円（本体640円+税10%）

『冷酷な鬼は身籠り花嫁を溺愛する』　真崎《まさき》奈《な》南《な》・著

両親を失い、伯父の家で従姉妹・瑠花に虐げられる美織。ある日、一族に伝わる“鬼灯の簪”の封印を瑠花が解いてしまい、極上の美貌をもつ鬼の当主・魁が姿を現す。美織は、封印を解いた瑠花の身代わりとして鬼の生贄となるが――。冷酷で恐ろしいはずの魁は「この日が来るのを待ち焦がれていた」と美織をまるで宝物のように愛し、幸せを与えてくれる。しかし、人間があやかしの住む常世で生き続けるには、あやかしである魁の子を身籠る必要があると知り…。鬼の子を宿し運命が変わる、和風あやかしシンデレラ物語。

ISBN978-4-8137-1484-2／定価660円（本体600円+税10%）

『水龍の軍神は政略結婚で愛を誓う』　琴織《ことおり》ゆき・著

あやかしの能力を引き継ぐ“継叉”の一族にもかかわらず、それを持たずに生まれた絃はある事件をきっかけに強力な結界へ引き籠っていた。十八歳になったある日、絃の元へ突如縁談が舞い込んでくる。相手はなんと水龍の力をもつ最強の軍神、冷泉士琉だった。「愛している。どれだけ言葉を尽くそうと、足りないくらいに」愛などない政略結婚だったはずが、士琉は思いがけず、絃にあふれんばかりの愛を伝えてくれて――。一族から見放され、虐げられていた絃は、士琉からの愛に再び生きる希望を見出していく。

ISBN978-4-8137-1485-9／定価726円（本体660円+税10%）

『わたしを変えたありえない出会い』

この世界に運命の出会いなんて存在しないと思っている麻衣子（『そこにいただけの私たち』櫻いいよ）ひとり過ごす夜に孤独を感じる雫（『孤独泥棒』加賀美真也）ひとの心の声が聞こえてしまう成道（『残酷な世界に生きる僕たちは』紀本明）部活の先輩にひそかに憧れる結衣（『君声ノート』南雲一乃）姉の死をきっかけに自分に傷を付けてしまう寿璃（『君と痛みを分かち合いたい』響ぴあの）。そんな彼女らと、電車で出会った元同級生、家に入ってきた泥棒、部活の先輩が…。灰色な日常が、ちょっと不思議な出会いで色づく短編集。

ISBN978-4-8137-1495-8／定価715円（本体650円+税10%）

スターツ出版文庫　好評発売中!!

『捨てられた花嫁と山神の生贄婚～帝都女学院の陰謀～』　飛野《とびの》 猶《ゆう》・著

家族に虐げられ、山神様の生贄花嫁となるため山に捨てられた絹子。しかしそんな不幸から一転、山神様であり、帝都きっての実業家でもある加々見に溺愛され、幸せな日々を送っていた。上流階級のみが通う帝都女学院に入学した絹子は、学院を牛耳る侯爵令嬢に虐められてしまうが…。「迎えにきた、俺の愛しい妻」と、授業参観にきた美しい加々見の姿にクラスは騒然!? そして二人は新婚旅行で甘い時間を過ごす。その矢先、女学院で新たな事件が巻き起こり――大人気和風シンデレラファンタジー第二弾！

ISBN978-4-8137-1471-2／定価682円（本体620円+税10%）

『死神様に幸せな嫁入りを』　黒乃《くろの》 梓《あずさ》・著

叔母の家で虐げられ育った咲耶は、莫大な援助と引き換えに、人間界で暮らす神族のもとへ嫁がされる。相手は、神々からも恐れられ、花嫁になれば早死にすると噂される死神。しかし咲耶の前に現れたのは、この上ない美貌と財力を持つ冥加家当主・暁だった。愛のない政略結婚だったはずが、咲耶が花嫁として日々を懸命に過ごす中で、噂とはまるで違う暁の過保護な優しさに触れ、二人は徐々に惹かれ合う。「花嫁が必要なんじゃない。お前自身が必要なんだ」少女は心優しい死神のもとで愛を知る。和風シンデレラストーリー。

ISBN978-4-8137-1474-3／定価693円（本体630円+税10%）

『君がくれた1/2の奇跡』　いぬじゅん・著

高二の春、片想いをしていた翔琉に告白をされた紗菜。けれど幸せは一転、その直後、翔琉はバス事故に遭い帰らぬ人となってしまう。想いを伝えられなかった後悔を抱える紗菜は、もう一度翔琉に会いたいと強く願う。すると、事故のあった日へと戻ることに成功するが…。「運命は一度しか変えられない」彼を救いたい紗菜は奇跡を信じるけれど――。ラストで明かされる秘密に涙が止まらない、切ない純愛物語。

ISBN978-4-8137-1483-5／定価726円（本体660円+税10%）

『青春ゲシュタルト崩壊』　丸井《まるい》とまと・著

朝葉は勉強も部活も要領よくこなす優等生。部員の仲を取りもつ毎日を過ごすうちに、本音を飲み込むことに慣れ、自分の意見を見失っていた。そんなある日、朝葉は自分の顔が見えなくなる「青年期失顔症」を発症し、それを同級生の聖に知られてしまう。いつも自分の考えをはっきり言う聖に、周りに合わせてばかりの自分は軽蔑されるはず、と身構える朝葉。でも彼は、「疲れたら休んでもいいんじゃねぇの」と朝葉を学校から連れ出してくれた。聖の隣で笑顔を取り戻した朝葉は、自分の本当の気持ちを見つけはじめる――。

ISBN978-4-8137-1486-6／定価814円（本体740円+税10%）

スターツ出版文庫　好評発売中!!

『無能令嬢の契約結婚～運命を繋ぐ証～』　香月《こうづき》文《あや》香《か》・著

異能が尊ばれる日本の自治州・至間国に、異能が使えない「無能」として生まれた櫻子は、最強の異能使いの冷徹軍人・静馬のもとに嫁ぐ。櫻子の無能ゆえのある能力を必要としたただの契約結婚だったはずが…静馬から惜しみない愛をもらい、虐げられてきた櫻子は初めての幸せを感じていた。そんな中、演奏会に参加した櫻子のもとに静馬の旧友で陸軍情報部の三峰が現れる。彼は「もし俺がお前を静馬から奪ったらどうする？」と"洗脳"の異能とともに櫻子に迫り――。ふたりの唯一無二の運命が試される、溺愛婚姻譚第２弾！

ISBN978-4-8137-1460-6／定価715円（本体650円+税10%）

『5分後に世界が変わる～不思議な出会い編～』

手紙を送ってきたストーカーの正体は未来の私？（『ゆみこ勉強しなさい！』）失恋した私を励ますため、洗濯機から不思議な女子高生が這い出てきて？（『パラレルワールドわたし』）など、不思議な出会いから始まり、気になる展開に全作品あっという間の5分！　そして、ぶわっと泣けて、うわっと驚き、最後はさらなる予想外の結末！　主人公の状況が、考えが、そして世界が、180度反転する。どこから読んでも楽しめる、朝読、通学や通勤、就寝前、あなたのすき間時間に没頭できる全14編の超短編小説を収録！

ISBN978-4-8137-1473-6／定価693円（本体630円+税10%）

『君がひとりで泣いた夜を、僕は全部抱きしめる。』　ユニモン・著

幼い頃に父を失い、家族を支えながら過ごしている高二の真菜。あるとき、友達とのトラブルが原因で過呼吸になったところを、同じクラスの桜人に助けられる。近寄りがたい存在だった桜人に『自分を偽って、友達と一緒にいる必要ないだろ』と言われ最初は戸惑うけれど、そこから真菜の世界は変わり始めた。桜人と同じ文芸部に入ると、彼の美しい文章を読んで更に彼を知りたくなっていく。しかし、桜人が真菜を助けたいと思う気持ちには、ある悲しい過去が関係していた――。隠された切ない秘密に、涙が止まらない！

ISBN978-4-8137-1470-5／定価704円（本体640円+税10%）

『君との終わりは見えなくていい』　蒼山《あおやま》皆《みな》水《み》・著

橘田柾人には"恋の終わり"が見える。恋人と別れるまでの日数が頭の上に現れるのだ。どんな恋にも終わりはあるし、恋なんてくだらない、愛なんか無意味だ。そう思っていた柾人だったが、同級生の七里梓帆に恋をしてしまい、そんな思いは吹き飛んでいった。自分なりに行動し、距離を詰めていく柾人。徐々に二人の仲は深まっていくが、恋の終わりを示す数字が梓帆の頭上に表れてしまった。しかし「もう自分の気持ちに嘘をつきたくない」と柾人は初めて運命にあらがい、未来を変えるために奮闘する――。

ISBN978-4-8137-1472-9／定価682円（本体620円+税10%）

スターツ出版文庫　好評発売中!!

『夜が明けたら、いちばんに君に会いにいく～Another Stories～』　汐《しお》見《み》夏《なつ》衛《え》・著

『夜が明けたら、いちばんに君に会いにいく』の登場人物たちが繋ぐ、青春群像劇。茜のいちばん仲良しな友達・橘沙耶香、青磁の美術部の後輩・望月遠子、不登校に悩む茜の兄・丹羽周也、茜の異父妹・丹羽玲奈…それぞれが葛藤する姿やそれぞれから見た青磁、茜のふたりの姿が垣間見える物語。優等生を演じていた茜×はっきり気持ちを言う青磁の数年後の世界では、変わらず互いを想う姿に再び涙があふれる――。「一緒にいても思っていることは言葉にして伝えなきゃ。ずっと一緒に――」感動の連作短編小説。

ISBN978-4-8137-1462-0／定価638円（本体580円+税10%）

『君がくれた青空に、この声を届けたい』　茉白《ましろ》いと・著

周りを気にし、本音を隠す瑠奈は、ネット上に溢れる他人の“正しい言葉”通りにいつも生きようとしていた。しかし、ある日、瑠奈は友達との人間関係のストレスで自分の意志では声を発せなくなる。代わりに何かに操られるようにネット上の言葉だけを勝手に話してしまうように。最初は戸惑う瑠奈だが、誰かの正しい言葉で話すことで、人間関係は円滑になり、このまま自分の意見は言わなくていいと思い始める。しかし、幼馴染の紘だけは納得のいかない様子で、「本当のお前の声が聞きたい」と瑠奈自身を肯定してくれ――。

ISBN978-4-8137-1463-7／定価671円（本体610円+税10%）

『365日、君をずっと想うから。』　春《はる》瀬《せ》恋《れん》・著

過去のトラウマから友達もおらず、家族ともあまりうまくいっていない高2の小暮花。孤独と共に生きていた彼女はある春の日、綺麗な顔立ちのモテ男子・向坂蓮と出会う。「俺、未来から来たんだよ」――不思議な言葉を残していった彼と再会したのは、なんと花の通う高校。しかも蓮は、花のことをよく知っている様子。キラキラしていて自分とは正反対の世界にいるはずの彼なのに、なぜかいつも味方でいようとしてくれて…？　タイトルの意味を知った時、きっと感動が押し寄せる。青春×恋愛ストーリー！

ISBN978-4-8137-1459-0／定価715円（本体650円+税10%）

『鬼の花嫁　新婚編三～消えたあやかしの本能～』　クレハ・著

新婚旅行を終え、玲夜の隣で眠りについたはずの柚子。でも目覚めたときには横に玲夜はおらず、まったく違う場所にいた。『私の神子――』と声が聞こえ現れたのは、銀糸のような長い髪の美しい神だった。突然目覚めた神に、消えた神器を探すよう告げられ、柚子は玲夜とともに奔走するけれど…!?　それはあやかしの溺愛本能を消す代物だった。「たとえ、本能をなくしても俺の花嫁はお前だけだ」文庫版限定の特別番外編・猫又の花嫁恋人編収録。あやかしと人間の和風恋愛ファンタジー新婚編第三弾！

ISBN978-4-8137-1461-3／定価660円（本体600円+税10%）

書店店頭にご希望の本がない場合は、書店にてご注文いただけます。

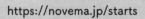

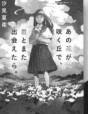

KEITAI
SHOUSETSU
BUNKO
野いちご SINCE 2009

【イケメンたちからの溺愛祭！】イケメン芸能人と溺愛シェアハウス♡

雨乃めこ

STARTS
スターツ出版株式会社

イラスト／柚木ウタノ

失恋して落ち込んでいた夏休み。
気分転換にと、紹介されたアルバイトを
始めることになったけど……。
アルバイト先はまさかの……！
「はじめまして。angel lamp《エンジェルランプ》の入野唯十《いりのゆいと》です」
大好きなアイドルが住むシェアハウスだった！
・。°・。・o°・。*°・。・o*°・。
失恋したてホヤホヤガール
丸山純恋《まるやますみれ》
×
ロックバンドグループ
〈それは宙《そら》にのぼる〉のボーカル　相良雫久《さがらしずく》

アイドルグループ〈angel lamp〉のリーダー　入野唯十

アイドルグループ〈angel lamp〉のメンバー　武東麻飛《むとうあさひ》

遅咲きイケメン俳優　渕野曜《ふちのよう》
°・。・o°・。°・。・o*°・。*°・*
「なんで俺だけずっと苗字《みょうじ》なの」
「純恋ちゃんほんとかわいい」
「純恋ちゃんのご飯は最高だね！」
「嫌じゃないなら目つぶってよ」
ドキドキのシェアハウス生活が、始まる!?

イケメン芸能人と溺愛シェアハウス
人物紹介
相良雫久《さがらしずく》
今若者に大人気のロックグループ〈それは宙《そら》にのぼる〉のボーカル。17歳。ぶっきらぼうだけど、なにかと純恋のことを気にかけてくれる。
丸山純恋《まるやますみれ》
料理好きな普通の高校２年生。失恋の傷をいやすため、夏休みにシェアハウスで住み込みのアルバイトをすることに。